いつの日か伝説になる

KZ'D

KZ' Deep File

藤本ひとみ

講談社

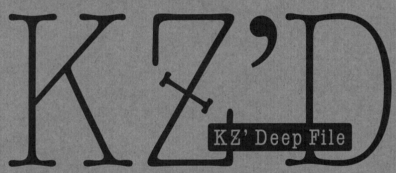

いつの日か伝説になる

KZ'D

KZ' Deep File

装画　ピエール＝オーギュスト・ルノワール
「On the Cliffs」
提供　Bridgeman Images/アフロ
装丁　坂川事務所

目次

序章

二重のカーテンを閉め、エアコンを入れてしまえば、真夏の真夜中も他の季節と変わらない。幻想即興曲をＢＧＭに、上杉和典は明日返される期末考査《テスト》の自己採点をしていた、少し前までは。今は眼鏡をかけたまま机に俯《うつぶ》せている。脳裏で、小林健斗の大きな声がした。

「俺の夢はヒーローだ。多くの人間を救って英雄と呼ばれ、死んだら伝説の男になるんだ」

思わず身を起こし、自分が寝ていたことに気づく。ぼんやりとしている頭を振り、眼鏡の位置を直しながらシャープペンの先で机の上にある磁器の梟《ふくろう》を突《つつ》いた。

「おまえさぁ、知恵の女神ミネルヴァの使者なんだろ。役柄弁《わきま》えて、ご主人様が居眠りしてたら、起こせよな」

観光でストラスブールに行った際、運河の畔《ほとり》にある土産物屋で買った。どれにしようかと迷っていて両親と逸《はぐ》れ、土産物屋の主人に妙に気に入られて、もう一生ここで暮らす羽目になるのだと覚悟した時、目が合った梟だった。小遣いを叩《はた》いて買って持ち帰り、執事扱いをしている。

夜、机に向かうと突然、部屋の中に満ち始める孤独。その無限の深さに溺れないために、救命具としてそこに置いてあるのだった。

「俺の運命、明日決まるんだぜ」

東大合格者数三十年連続一位を誇る中高一貫の男子校に入学して一年、五回の考査があったが、和典は常に数学のトップを押さえてきた。しかし他の教科も合わせた総合となると、さほど突出した成績ではない。それを補うために、二年に進級した時には自由単位で数学を取らず国語にした。それ以降、上杉は数学トップの座から転落する、そんな噂《うわさ》が立っていた。

数学の首位でいる事は、和典の特徴だった。今の学校での自分の存在意義は、その成績にしかないとわかっている。それを失えば、これといって取り柄のない生徒の一人となるのだ。このレールに乗っている以上、トップから降りる訳にはいかない。だが大学進学を考えると、どこかで苦手な国語を伸ばしておかなければならなかった。

センター試験に替わる大学入試改革は、和典の入試年から実施される。理系文系を問わず国語、数学の短文形式をふくむ二種類の記述式問題が出されるといわれていた。今のうちに対処しておかねばならない。これは賭けだと思いながら踏み切った。

もしこの選択で数学トップの座を失うのなら、自分にはそれだけの力しかなかったということだ。笑うしかないな。そう考えながらも、二年進級時から中間考査までの二ヵ月間は、ピリピリしていた。中間考査で何とか首位を確保すると、今度は期末考査までの二ヵ月間、胸が端から焦《こ》げていくような気分だった。拳を壁に叩《たた》きつけた事も、一度や二度ではない。自分がトップランカーであり続けられるかどうか。もっというなら、自分に果たしてどれだけの価値があるのか。その結果が、明日出るのだ。

溜《た》め息をつきながら手を止めた。先月、小学校の同級生が言っていた言葉がまたも胸を過《よ》ぎる。

「知ってたか、小林健斗、帰ってきてるんだってよ」

それを聞いて以降、ずっと気にしていた。

「お祖母《ばあ》ちゃんちにいるとかで、二学期から公立中に入るんだってさ」

本当なら和典と同じ私立中に通うはずだった、あの事件さえなければ。

「俺たち事情知ってるから、どうしたってあいつのこと、かわいそうだなって目で見るじゃん。実際かわいそうだし。ところが本人、結構サバサバしてるらしい。あんま気にしてないみたいだってさ」

健斗とは、幼稚園の年長組で初めて顔を合わせた。最初は、かなり気に入らない奴《やつ》だった。園の昇降口にある靴箱や傘立て、廊下のフック、教室の物入れには、どれも番号がついている。和典は数字に好き嫌いがあり、自分の好きな番号の所に靴や傘を置いたり、バッグをかけたり画用紙を入れたりしていた。二番が、特にお気に入りである。ところが年長組に進級したとたん、それを健斗に取られるようになった。

くやしくて早起きし、健斗がやってくる前に登園して二番を占領する。得意になっていたら、やがて姿を見せた健斗が和典のそれらを放り出し、そこに自分の物を収めた。和典が飛び蹴りをし、大喧嘩《おおげんか》になったのだった。教諭が駆けつけてきて説明を求める。まず健斗が言った。

「俺は、二が超好きなんだ。それでなくちゃ絶対、嫌だ」

和典は、驚きながら聞いてみた。

「もしかして二の次に好きなのは三で、その次は五で、次は七だったりするのか。俺の場合、そうだけど」

健斗の、いかにも利かん気な顔から、ふっと憤りが消えた。

「ほんとかよ、俺もだよ」

お互いに興味を持ち、小学校で同じクラスになると、四年生までは算数の問題を解く速さや、点数を競争していた。油断のできないライバルであり、同時に数字に対する興味を分かち合えるただ一人の友人でもあった。九九や掛け算を習った時には熱狂し、二人で夢中になって数字を捻《ひね》り回したものだ。

「九の掛け算って、すげぇ不思議な規則があるよな。九×二＝十八、九×三＝二十七、九×四＝三十六、そんで九×九＝八十一だろ。掛け算して出た答の十の位と一の位の数字を足すと、どれも必ず九になるんだ」

この世の謎の一つを発見したような気分だった。

「五の掛け算も不思議だ。奇数を掛けると一の位が必ず五になって、偶数を掛けると必ず〇になる。なんでだろ」

　和典は数字に対する興味を募らせる。だが健斗は幅が広く、何にでも好奇心を持って果敢にチャレンジし、生物も体育も天体観測も得意だった。スポーツも好きで、和典以外の友達も多い。見せ合った通信簿の成績は、算数を除けば、いつも健斗の方が上だった。和典がくやしそうにすると、健斗は笑って言ったものだ。

「おまえはさ、算数がずば抜けてるから、それで生きてけるじゃん。算数の先生とかさ。俺は人の役に立つのが好きだから、将来は、たくさんの人のためになる仕事をしたいんだ。だから何でもひと通りできないとダメ。俺の夢はヒーローだ。多くの人間を救って歴史に名前を残す。英雄と呼ばれて、死んだら伝説の男になるんだ」

　それを聞いた瞬間、和典は健斗を尊敬した。それまでは自分と変わりがないと思っていたのだが、その時初めて、こいつはすげぇと感じたのだった。自分の事しか考えてない俺より、ずっとカッコいい。

「よし、きっとなれよ。俺、応援する」

　四年生の夏休みを過ぎる頃になると、和典にも、自分が好きな数字は素数というもので、それを気に入っているという話をして共感してくれる人間はごく少ないのだとわかるようになった。一般相対性理論に感動した時も、共有してくれたのは健斗だけだった。和典は何度思っただろう、健斗がもっと自分と二人きりで遊んでくれればいいのにと。

だが願いは叶《かな》わなかった。五年生を目前にして健斗は、まったく違う方向を向き始めたのだった。急に身長が伸び、あっという間に朝礼の列の後ろの方にいったかと思うと、ある日突然、こう言った。

「おまえさ、女ってどういうふうになってるのか知ってるか」

和典は、違う国の言葉を聞いている気分だった。健斗の父親は数軒のレストランやバーを経営している。昔から健斗は、そこで働く女性従業員にかわいがられていたのだが、数字よりそういう女たちに心惹《ひ》かれるようになったらしかった。

「描いて教えてやる」

和典には、健斗が突然、曲がったように思えた。和典にはわからない道を歩いていく。呼び戻そうとしても、楽しそうにどんどん進んでいってしまうのだった。

興味の持てないその話に付き合っている和典の気持ちは、健斗にも伝わったらしい。お互いの距離を感じ始めた頃、五年に進級しクラスが分かれた。

皆がまだ知らない情報を持っている健斗は、新しいクラスで男子の尊敬を集め、祭り上げられてボスになっていく。短距離で県大会新記録を出したり、野球チーム「オールA《エース》」で投手かつ四番打者としてチームを引っ張って市大会で優勝したことも人気を煽《あお》った。和典とは疎遠になる一方で、六年になる頃には、かつて親密な時があった事もお互いに忘れていた。健斗が言ったという言葉だけが伝わってくる。

「俺の夢は、ヒーローだ。多くの人間を救って英雄と呼ばれ、死んだら伝説の男になるんだ」

間もなく健斗の父親が、病死する。夜、店で酒を飲んでいて突然倒れたとのことで、病名は急性蜘蛛《くも》膜下《まくか》出血だった。クラス担任と校長、児童代表が葬儀に参列した。時をおかずに母親が再婚する。健斗の義父になったのは、まだ二十代の男で、高級マンションに引っ越したり、スポーツタイプの外車で学校に健斗を迎えに来たりした。同級生たちが、すげぇすげぇと誉《ほ》めそやした時、健斗は珍しく、本気になって怒ったらしい。

「すごくねぇよ。あいつ、プータローなんだぜ。父ちゃんの店、売っぱらった金で遊んでばっかいるって母ちゃんが困ってんだ」

健斗が最後の、もっとも大きな波乱に見舞われたのは、その冬の事だった。義父が家族五人をドライブに誘い、夜の道を走行中に湖に転落した。辛うじて車から脱出した義父と、当日、急に中学受験準備のための面接が入ってドライブに行かなかった健斗だけが生き残ったのだった。その後、母親と三人の子供に多額の保険金がかけられていた事が明らかになり、義父は保険金殺人で逮捕された。裁判では、健斗が証言したと報道されていた。

「日頃の態度を見てると、俺には、そいつがやったんだとしか思えません」

健斗に起きた一連の不幸を、和典はずっと気にしていた。励ましてやりたかったが、その運命があまりにも惨《むご》く、重すぎて会いにいけなかった。健斗の立場になって色々と考えると、和典の方が打ち拉《ひし》がれてしまうのだった。かける言葉も見つけられず、どんな顔を向ければいいのかもわからない。

最近は親しくしていなかったとか、健斗には俺の他にもたくさん友達がいるとか、今さら会いに行ってもしかたがないとか、自分に言い訳をして動かずにいながら、その状態に納得もできず、グズグズと引きずっているうちに、健斗は親戚の家に引き取られていった。

この街に戻ってきていると聞いてからは、今度こそ会いにいこうと考えながら、なお戸惑っていた。健斗にとって一番大事な時に会わなかった事が負い目になり、いっそう気持ちが重くなっていたのだった。

いまだに訪ねていけず、かといって、それを忘れることもできず抱え続けている。それは和典が中途半端で優柔不断、つまり弱いからだった。

「俺って男じゃねーな。超カッコ悪《わり》ぃ」

和典は目を上げ、壁のカレンダーを見る。リピート設定をしてある幻想即興曲は、何度目かの激しいメロディを流していた。強く鼓膜を打ち、激流のように流れていく音に埋もれながら、赤い丸がついている明日を見つめる。

もしトップを守れたら、それをやり遂げる事ができたら。健斗に会うだけの力を手に入れられるかもしれない。そんな気がした。会って、自分が助けてやれなかった事を謝りたい。今さらそんな話をしても、あまり意味はないだろうが、申しわけなく思っている気持ちだけでも伝えたい。そしてもしできる事があれば、もちろん力を貸す。カッコ悪い自分と手を切りたかった。

第1章　呪いの都

1

その日の放課後、期末考査《テスト》の解答用紙が戻ってきた。一束《ひとたば》にまとめて返され、一番上には、総合評価用紙が貼られている。和典は、すぐさま数学の欄に目を走らせた。青いペンで書かれている点数が自己採点数と同じである事を確認してから、息を詰《つ》め、その隣にある赤い分数を見る。

分子は、一だった。それまで溜《た》めていた息と思いを一気に吐き出しながら、片手を拳《こぶし》に握る。

やりっ、首位、キープ。

分母は考査を受けた全生徒数、分子はその中の順位だった。自己採点で点数はわかっていたが、学年の上位グループになると同点も多く、一点違えば、順位が七、八番落ちる事も珍しくない。生徒たちの間で赤分と呼ばれているこの分数を見るまでは、気が抜けなかった。

これで、二度の賭けに二度とも勝った。和典は、勝利の甘さを嚙《か》みしめる。総合評価用紙の寸評欄には、数学の担任の名前と走り書きがあった。

「学年首位、おめでとう。二学期も期待している」

和典は、用紙の束を通学バッグに突っこむ。よし、これで健斗に会いに行ける。そう思いながら立ち上がった。教室を出て、廊下の端にある階段に向かう。湧《わ》き上がる笑みを抑えながら、それを降りた。

健斗の祖母の家には何度か行ったことがあり、場所は覚えている。塾に行く前に訪ねて本人に会うか、いなければ祖母に様子を聞いてみよう。

最後の一段から廊下に踏み出したとたん、視聴覚室の方からやってきていた集団と鉢合わせた。まるでヌーの群れのようで、廊下全体に広がって歩いてくる。和典はやむなく最終段に戻り、通り過ぎるのを待った。その中に黒木が交じっているのを見つける。憂鬱《ゆううつ》そうだった。

期末考査の成績がパッとしなかったのかもしれない。一瞬そう思ったが、考えてみれば、そんな事を気にするような奴《やつ》ではなかった。何か、あったのだろうか。

今は同じ中学だが、その前は塾のサッカーチームでよく顔を合わせていた。自己主張の強いメンバーの中で、一人だけ寡黙で大人っぽく、時々は消えてしまいそうに儚《はかな》げな様子を見せる。それが気になって話をするようになった。今では、わりと親しい。

見つめていると、目が合い、黒木は生徒の間を縫って列から出てきた。腕を伸ばし、和典の肩を引き寄せて耳にささやく。

「八月、京都行かないか」

和典は、廊下の窓の向こうに目をやった。庭の木々の間で銀色の光がまたたく。高校授業棟の端にある天体観測ドームが夏の陽差しを跳ね返していた。一瞬見ただけで、焼けた串を目に刺しこまれたような気分になる。

「あのさぁ、」

視線を転じ、つくづくと黒木の顔を眺めた。

「何が哀《かな》しくて、真夏に京都なんだ。京都盆地がどれほど暑いか、シャリの小塚に聞いてみろよ」

小塚は同級生で、小学校以来の塾仲間である。どこのクラスにも必ず一人はいるような動植物大好き少年だった。鉱物や地理、宇宙にも造詣が深い。社会と理科の成績では他の追随を許さず、シャリの小塚と呼ばれていた。蟻《あり》の巣や胡瓜《きゅうり》の蔓《つる》を、何時間でも熱心に観察していられる驚異の集中力の持ち主である。

「行かねーだろ、普通」

黒木は、かすかに笑った。切れ長の目にどことなく哀しげな色を漂わせ、女子のハートを片っ端から鷲摑《わしづか》みにする黒木を、和典は嫉妬をこめて女誑《ドンファン》しと呼んでいる。

「小塚には、もう言ったよ。行くってさ」

意外すぎる返事だった。返す言葉もない。啞然《あぜん》としながら考えを巡らせていて、ようやく閃《ひらめ》いた。オタクの小塚の興味を惹《ひ》く何かが、京都にあるのに違いない。

「アジア原産の褄赤雀蜂《つまあかすずめばち》が最近、大阪港付近で発見されたらしい。特定外来生物に指定されて環境省が侵入を阻止しようとしている蜂だ。小塚先生の弁によれば、一度侵入すると、急速に生息地を広げる傾向があるから、時間的に考えてもう京都あたりまで来ていても不思議じゃないって事だ。夏休みに観察に行こうと思ってたから、ちょうどいいって」

俺の勘、冴《さ》えてる。そう思いながら、依然として淡い影のような憂鬱に覆《おお》われている黒木の顔が気になった。

「で、おまえは、何しに熱都に行くわけ」

黒木は目を伏せる。

「三住《みすみ》グループって、知ってるだろ」

日本でも屈指の巨大複合企業《コングロマリット》だった。大学生の希望就職先として、毎年トップスリーに名前が上がっている。

「創業は古く、戦前は財閥を形成、バブル崩壊やリーマンショックも乗り越え、今は三住なくして日本経済なしと言われている」

言葉で形容されても、全貌は摑みにくい。和典が把握しかねていると、黒木は苦笑した。

「数字か、数理科学で説明しろって顔だね」

黒木の勘も、今日は冴えているらしい。

「ん、できれば」

数字は、もっとも正確に本質を表すし、数字の言葉ともいえる数学を使えば、あらゆることを完璧に説明できると和典は思っている。宇宙の構造も微分方程式で表せるし、生命現象も現象数理学的に解析できる。もちろん巨大複合企業の成り立ちも、だった。

「俺に、数理学は無理だね。そんなことができるのは、数学オタクだけだろ」

つまり、おまえのことだと言わんばかりの目付きに、和典は肩をすくめる。皮肉を言うだけの元気があるなら、まぁ放っておいても大丈夫か。そう思いながら歩き出そうとすると、肩を抱き寄せられた。

「数字だけなら並べられるけどね。三住グループの年間売上は、五十八兆円。グループ内の稼ぎ頭ベストスリーは商社、重工、金融。純利益はそれぞれ四千五億、一千億、一兆三百三十七億だ。もっと細かいのがほしいか」

和典は首を横に振る。今のところ、それで充分だった。

「その三住グループが、どしたの」

黒木は再び目を伏せる。

「グループの中核企業九社の会長社長たちが毎年二度、会合を持つ。一月の新年会、八月の懇親会だ。参加者は、家族や知人を同伴できる。会場は創業者の子孫で第十七代当主の別荘だ。平均年齢六十九歳の会だから、ま、さほど楽しくはないが、俺もその都度、参加する」

最後のひと言で突然、話が身近なものになった。

「二泊三日だ。遊びがてら、行ってみないか」

今まで、誘われた事は一度もない。毎年参加していながら、なぜ今年、急に誘う気になったのか謎だった。

「夏期講習はコマ単位で取れるみたいだから、寄せて詰めれば三日ぐらい空くだろ」

黒木の出自は、複雑である。第三者の精子と卵子、そして代理母によってアメリカで生まれ、今の父親は養父で血縁関係がない。血の繋《つな》がりのある父と母、代理母については国籍も名前も顔も、一生知らされないことになっていた。

その事自体は珍しくないし、不思議でもない。最近の日本で生まれる子供の四・一%は生殖医療によると言われているし、世界中ではその数が六百万人を超えると聞いていた。和典が疑問に思っているのは、いったい誰が、何のために黒木の誕生を計画したのかという事である。

精子を提供した実の父親、あるいは実の母親、代理母、養父の誰かである可能性もあったが、まったくの第三者であるとも考えられる。その人物が、おそらく全費用を負担しているのだ。平均的所得しかない普通の人間にそんなことができる訳はないし、またそんなことをわざわざするはずもない。かなりの財力を持つ特別な人の手が動いているのだ。それは誰で、そして、いったい何のためなのか。

「おまえって、ひょっとして三住グループの誰かの御曹司なのか」

黒木は、甘やかな曲線を描いた唇に笑みを含む。

「んなわけ、ないだろ。来れば、わかるよ」

笑みは次第に陰り、自嘲的になった。憂鬱は、いっそう色を深める。

「若武にも声かけたんだけどさ、もう予定が入ってるから行けないって」

若武も同じ塾の仲間だった。サッカーチームも一緒で、接触の機会が多い。和典にとっては気の合わない相手だった。目立ちたがり屋で自己主張が激しく、とにかく癪《しゃく》に障《さわ》る。おまけにやる事が詐欺師まがいで、まったく油断できないのだった。だが気になる存在ではある。入っている予定というのは何だろう。

「若武って、ノリいい奴なのにさ、きっとどうしても動かせない事なんだろうと思って、詳しくは聞かなかったんだ」

和典にも予定はある。この夏休みこそ、すべての時間を素数に捧《ささ》げるつもりだった。素数の持つ秩序に、たまらない魅力を感じている。百万以下の数字の中には、七万八千四百九十八個の素数があるのだった。それを全部、書いて並べていく事を考えると、うっとりせずにいられない。まとまった時間のある時にしかできなかった。だが黒木の憂鬱と、謎のような誘いにも興味を引かれる。

「考えとく。今日は、ちょっと急いでるんだ。じゃな」

2

いつもの駅で電車を降り、自転車を駐輪場に置きっぱなしにして自宅と反対側の昇降口に回る。その階段を下り、並び立つ銀行の間を抜けた。駐車場と公園の脇を通り過ぎていくと、ベンチに腰を下ろしていた中学生が、気怠《けだる》げにこちらに顔を向ける。和典はさりげなく視線を外した。瞬間、それが健斗の顔だと思い出す。足を止め、視線を戻した。雰囲気が、どことなく変わってる。何かを胸に抱えこんでいるような、孤独な感じがした。

健斗は、うぜぇと言わんばかりの目付きだった。気に食わなそうな視線で斜めにこちらをにらみ、早く消えろと無言の圧力をかけてくる。和典は、第一声を何にしようかと迷った。

聞いた話では、健斗はサバサバしていて、あまり気にしていないということだった。だが、そんなはずはない。あの事件で健斗は、多くを失ったのだ。和典と同じ中学の受験を目前にしていながらそれどころではなくなり、母と二人の弟を亡くし、それが義父の仕業だとわかって家庭の崩壊を目の当たりにしなければならなかった。それらは深い傷のように心に刻まれているに違いない。健斗の顔を覆《おお》っているこの雰囲気は、その事件によって作られたものなのだ。

もし自分が同じ立場だったら。そう考えると和典は、体の芯が震えるような気がした。突然に家族を奪われ、自分の人生を曲げられるなどということは、絶対に納得できない。そんな運命は不当だし、大人しく従うことなどできなかった。激怒と怨嗟《えんさ》を抑えきれず、それに身を任せて自分を燃え尽きさせてしまうだろう。

「あ、」

健斗の声が上がり、その瞳に驚きが広がる。どうやら思い出したらしかった。なお言葉を見つけられずにいる和典の前で、健斗は弾《はじ》かれるようにベンチから立ち上がる。身をひるがえし、公園の中央部まで駆けていって噴水の水盤によじ上った。中に踏みこんで座りこみ、噴水を浴び始める。

和典は呆気《あっけ》にとられ、ただ見つめるばかりだった。こいつ、頭、大丈夫か。

水を浴びながら健斗は手早く髪や体をこすり、両手で顔を拭って水盤から飛び降りた。一瞬身震いすると、何事もなかったかのように和典の方に歩いてくる。

「よぅ上杉、すげぇ久しぶりじゃん」

目の前で立ち止まったその顔に、昔と同じ笑みが浮かんでいた。瞳に悪戯《いたずら》っぽい光が輝き、豪快に開いた口から白い歯がのぞいている。胸元で突き合わせた二つの拳《こぶし》の親指は、反り返るように立っていた。

それを見たとたん、和典の胸で時間が巻き戻る。眩暈《めまい》がするほど激しいその流れが、たちまち隔《へだ》たりを押し砕いた。和典は健斗と親密だった頃まで流されていき、そこでようやく止まる。同時に口から出す言葉を見つけた。

「ああ、マジ久しぶり」

健斗の左頬には、傷があった。そのせいで筋肉が動かず、笑うと右頬だけが吊《つ》り上がる。歪《いびつ》な微笑はたくましく、大人っぽくてどこか不敵な感じがした。幼稚園の時は、この顔は象に踏まれたんだ、すげぇだろう、と言っていた。小学校になってようやく、実は階段から落ちただけだと白状した。

「おまえ、どっか行くとこだったのか」

おまえに会いに行くつもりだったとは言えない。恥ずかしすぎる。

「いや別に」

健斗は濡《ぬ》れた髪を両手で掻《か》き上げ、顎《あご》でベンチを指した。

「じゃ座って話そうぜ」

歩き出しながら体の前で両腕を交差させ、着ていたTシャツを脱いで絞り上げる。足元に水が散った。肌は日焼けし、広くなった肩幅や胸にはきれいな筋肉がついている。高校生といっても通りそうだった。まぶしくて和典は目を細める。

「なんで噴水、飛びこんでんの」

健斗はシャツを広げ、その中に潜りこんで襟元から顔を出す。いささか決まり悪そうに笑った。

「風呂入ってないから、おまえに臭いって言われたくなくてさ。今のアパート、風呂ないんだ」

それを聞きながら思った、たとえ死ぬほど健斗が臭くても、俺は何も言わない、嫌がりもしないし表情にも出さないと。

「俺って、意外に小心者だろ」

屈託のない声は、噂《うわさ》通り、悲劇を感じさせない。辛く苦しい思いは、おそらく胸の奥深く押しこまれているのだ。和典は、ふと考える、それは、いつかどこかで不意に噴き出したりしないのだろうか。

「結構かわいいいって言えよ」

眉を上げた健斗の眉間を、昔のように中指の先で突《つつ》く。健斗は笑いながら、怠《だる》そうにベンチに座った。その隣に、和典も腰を下ろす。

謝《あやま》ろうと思いながら、急には口に出せなかった。当たり障りのないところから当時の話に入っていこうと考える。

「親戚に引き取られたって聞いてたけど」

健斗は浅く、何度も頷《うなず》いた。

「ん、事件の事を知ってる人間がいない環境の方がいいんじゃないかって親戚の間で話がまとまって、実の父ちゃんの実家にいたんだ。でも何だか、お客さんって感じで落ち着けなくってさ、やっぱ生まれ育った所の方がいいかなって思って、祖母《ばあ》さんに頼んで置いてもらう事にしたんだ」

軽い口調は、深刻な内容にそぐわない。それは健斗の心の上澄みのようなものなのだろう。その底に偏《こず》んでいるに違いない深く暗い悲憤を、和典は想像しながら聞いていた。

「だけどさぁ、来てみたら生活かなり苦しそうで、悪いなって思ってるとこだよ。そんでも、目いっぱい気ぃ遣ってくれるから、ほんとに悪くってさ。だけど今さら父ちゃんの実家に戻りたくないし。俺、どこ行けばいいんだろーな」

何と答えていいのかわからず、目を伏せる。あたりに沈黙が広がり、公園の植えこみの向こうの道から、若い女性たちの派手な声が聞こえてきた。

「やっだ、マジかよ」

「ちょっとヤバいじゃん」

ヒールの音が通り過ぎていく。健斗が舌打ちした。

「あいつらも一票なんだぜ」

親指で指していたのは、砂場のそばに立っている市会議員の選挙ポスターだった。

「政治に関心持って、真剣に考えてる奴《やつ》も、自分の事にしか関心なくて遊んでる奴も、同じ一票だなんて、逆に不平等だろ。ふざけんなって」

忌々《いまいま》しそうに地面を蹴飛ばす。舞い上がった砂が色褪《いろあ》せたクロックス・サンダルに被《かぶ》さり、その穴の中に落ちていった。

「一票を手にする資格があるかどうか、試験すべきじゃね。合格した奴だけが票をもらって、政治に参加する権利を持てるようにする。馬鹿に一票持たせたって、口のうまい政治家に利用されるだけじゃん」

和典の同級生や仲間で、政治の話をする者はほとんどいない。健斗はいつから政治に興味を持つようになったのだろう。そう考えながら、昔、多くの人間を救いたいと言っていた事を思い出す。政治への関心は、その延長線上にあるのかもしれなかった。

「市議会議員にでも立候補したら、どう。その時は俺、一票入れるけど」

そう言うと、健斗は固めた拳を伸ばし、和典の二の腕にそっと押し当てた。

「そんなん無理に決まってっだろ。まぁ市議とか県議って、日本全国どこでも、たいして水準高くないって言われてるけどさ」

このところ市議会議員や県議会議員の不祥事の報道が続いている。議会で使途不明金を追及されて泣き出したり、出張費で妻を連れて旅行した先の水族館で百万人目の入場者として表彰されて喜んでブログに写真を載せたり、女性に対する差別発言をしたりと、お粗末なものだった。

「市議や県議レベルだったら、本人に能力がなくても肩書や学歴で結構、補えるんだ。どこどこの社長とか、どこどこの大学卒とか、何学部卒ってだけで地元の票が集まるからさ。だけど俺、肩書も学歴もたぶん、ゲットできねーもん。このままだと高校、行けねーと思うからさ。それどころか中学キープもヤバいかも」

和典は、頰が強張《こわば》るのを感じる。自分より優秀だった健斗が進学できなくなるとは、考えもしていなかった。その時初めて和典は、健斗がこれから生きていかなければならない人生の一端をのぞき見たのだった。

「貧困家庭のための就学援助金っていうのがあるんだけど、この市じゃ、申請は年度初めの四月しか受け付けてない。俺に来年の四月まで学校行くなって言ってるようなもんさ。それに中一なんかは結構補助してもらえるみたいだけど、中二、三になると、年間六万円くらいらしい。それ、絶対足りねーだろ。部活で野球やりてーけど、ユニフォームだって買えないしさ」

父親の死から始まった一連の事件さえなければ、和典と同じ中学に入り、国立か有名私大をめざしていたはずだった。政治に関心があるのなら、官僚への道を進むこともできたろうし、自分でもそんな未来を思い描いていたに違いない。そこから遠く離れた人生を送らなければならないのは、どれほど無念で、どれほど腹立たしいだろう。

救う方法はないのだろうか。本人の責任でもないのに転がり落ちてしまった今の境遇から、何とかして掬《すく》い上げることは、できないのか。

「俺さぁ、どっかの家の養子になりてぇって思ってんだ。そしたら祖母《ばあ》さんに苦労かけずにすむし、俺にも落ち着ける家ができるじゃん」

黒木の話が胸を過《よ》ぎる。三住グループの中核九社の役員や家族の中には、もしかして養子を望んでいる人間もいるかもしれなかった。

「おまえ、夏休み、体空いてるか」

健斗は肩をすくめる。

「残念だけど空いてる。バイト捜してんだけど、中学生って結構、雇ってもらえなくってさ」

和典は体を傾け、ズボンの後ろポケットからスマートフォンを出した。黒木にかける。

「京都に行こう。何かいい事あるかもしんない」

健斗は息を弾ませた。

「いいことって、誰かが俺を養子にしてくれるとか、か。できれば大金持ちがいいな」

一年で五十八兆円を稼ぎ出すグループの中核会社の役員が、金持ちでないはずはない。

「三住グループ企業の懇親会だ。たぶん全員、金持ちだよ。品行方正にしていれば、気に入られるかもしれない」

健斗は、短く鋭い口笛を吹いた。

「超ラッキィ」

電話の向こうで黒木の声がする。和典は耳にスマートフォンを押し付けた。

「京都、行くよ。友だちを連れてきたいんだけど、いいかな」

そう言いながら健斗を振り返る。瞬間、健斗の目の中に、硬い芯のようなものを見つけた。これまで見た事もない強い光が、そこに根を張っている。揺るぎない内面から噴き出してくる炎のような光だった。

3

健斗の目の中の芯、あれは、いったい何なんだろう。強い意志を感じたが、それが具体的に何なのかわからなかった。気にかけながら和典は、京都行きの準備をする。今回は、交通費と宿泊費の工面からは解放されていた。

「宿泊者は、創業家の別荘を使えることになってる。人数を言っといたから、部屋は確保されてるはずだ。現地までは、向こうが車を出してくれる。一緒に乗ってけばいいよ。駅でピックアップする。それより懇親会に顔出す時用に、今ある服の中で一番フォーマルなジャケットを持っていけ。色はチャコールグレーもしくはミッドナイトブルー。前身頃のボタンは少ない方がフォーマル、逆に袖口のボタンは多い方がいい」

それらしきものを、ワードローブの中から何とか捜し出し、Tシャツ数枚とカーゴパンツ、ジーンズ、下着と一緒にバックパックに詰《つ》める。

荷物ができれば、後は親への言い訳だけだった。母との関係は、相変わらずよくない。できるだけ摩擦を起こさない方向であれこれと考えていたものの、どうにも思わしいアイディアが浮かばず、やがて面倒になって、当日の朝、食事の後で軽く言った。

「友だちと遊びに行ってくるから」

弾丸のように飛んでくる声を無視し、着替えを詰めたバックパックを肩に引っかけて家を出る。駅まで歩き、ロータリーに面した階段下のコンビニ横でピックアップの車を待った。ふと黒木の声を思い出す。健斗を同伴したいと言った時、黒木は即座に答えた。

「いいよ」

それは一種の約束のようなものだった。友達の申し出には、常に、Ｉｔ's　ａｌｌ　ｒｉｇｈｔでなければならない。細かな事を聞いたり、その損得を考えたりするのはカッコ悪い、そんなのは男じゃないと中学男子は皆、思っている。

黒木の返事には、妙な曇りがあった。どうも気が進まなかったらしい。それが心に引っかかっていた。京都に行けば、黒木の出自について様々な話が出るかもしれず、親しくない人間の耳に入れたくなかったのだろう。だが和典は、どうしても健斗を連れていきたかったのだ。向こうで健斗の役に立ちたい。それは、和典が健斗のためにできるおそらくただ一つの事だった。

その皺《しわ》寄《よ》せが黒木にいっては、いささか気が咎《とが》める。さぁどうする。和典は考え、行きの車の中で、二人の距離を縮めてしまおうと企《たくら》んだ。小学校の時、健斗は誰からも好かれていた。健斗の性格がわかれば、黒木も好感を持つだろうし信頼もするはずで、自分について知られても構わないと思うようになるだろう。

「上杉、おはよう」

声の方に目を向ければ、小塚が歩み寄ってくるところだった。

「蜂対策は、一応してきた」

背負った黒いナップザックを揺すってみせる。

「蜂は今、国内でもっとも危険な生物って言われてるんだ。死亡者だけでも年間二十数人も出てて、毒蛇や熊による被害よりずっと多いんだよ。特に八月は危険だから、巣に近づく時は充分気を付けてね」

その頭を小突いた。

「近づかねーよ。蜂見物なんかに楽しみを見出《みいだ》せるのは、オタクのおまえだけだ」

ロータリーを回ってきた黒塗りの大型車が、目の前を通過していく。後部座席の黒いウィンドウが開き、黒木の顔の上半分が見えた。小塚が目を見開く。

「リムジンだ、すごい」

バス停から少し離れた所に停《と》まったその車に駆《か》け寄ろうとすると、後ろで声がした。

「よっ」

健斗が、昨日と同じTシャツとジーンズ姿で近づいてくる。足には、やはり昨日のサンダルを突っかけていた。手には何も持っていない。まるで近所に散歩にでも出かけるかのようだった。

「おまえ、着替えは」

健斗は、真面目《まじめ》な顔で和典のバックパックを指す。

「その中のでいい」

一瞬、むっとした。おまえはよくても俺はよくない。そう思っていると、健斗が軽く笑った。

「大丈夫、俺、気にしないから」

俺が気にするんだ。いくら友達でも下着の共有はごめんだ。そう言いそうになって、気がついた。もしかして持ってこられないのかもしれないと。あわてて笑顔を取り繕う。

「俺、Mだぜ。おまえ、入るか」

筋肉質の胸回りに目をやると、健斗は笑い飛ばした。

「上は、いつも着ないんだ。パンツだけでいい」

和典は視線を落とし、締まっている腰回りを見て納得する。Mで大丈夫そうだった。

「そこの二人」

黒木の声が響く。

「乗らないなら置いてくぞ」

健斗が素早く車に駆け寄り、既に乗っている小塚や黒木たちと一緒にこちらを振り返った。からかうような笑い声を上げる。

「上杉、トロトロしてんじゃねーよ」

和典は、奥歯で言葉を噛《か》み潰す。きっさま、パンツ貸さねーからな。

「高速で京都まで、ほぼ六時間だ」

和典が乗りこみ、車が走り出すと、黒木が脇にある冷蔵庫を開けながら言った。

「楽しんでいこう」

いつになく表情が硬い。やはり健斗が気になるのだろう。

「そっちから順番に、何飲むか言って」

低いテーブルを挟《はさ》んで革のソファが二つ向き合い、運転席との間には壁のような間仕切りがあって連絡用の車内電話が付いている。和典は、黒木が皆の希望通りに飲み物を配るのを待って、お友達作戦に取りかかった。

「自己紹介といこうぜ」

健斗と黒木の距離を縮めるには、それが自然だろう。まず黒木と小塚、そして自分が話し、雰囲気が和らいでから健斗に回してできるだけ長く話させる。そうすれば話の内容はもちろん、言葉の端々から滲《にじ》み出る健斗の性格が黒木に伝わるはずだった。

「最近の失敗談も付け加えろ。黒木、おまえからだ」

黒木は、何で俺からなんだという目でこちらを見る。和典は無視し、小塚の方を向いた。

「次、おまえね」

小塚は素直に頷《うなず》き、黒木が口を開くのを待つ。それを見て黒木もしかたがないと思ったらしく片手に持っていたペットボトルの蓋を、音を立てて捩《ね》じ切った。

「俺は黒木貴和。開生高校付属中学二年だ」

健斗の顔が明るくなる。自分が受験準備をしていた中学の名前を聞いて、親しみを感じたのだろう。

「最近の失敗談は、考え事をしながら卵焼きを作ろうとしてて、卵を割り、その中身を三角コーナーに落として、殻をボウルに放りこんだ事」

皆が、いっせいに笑った。和典は不思議な気分になる。黒木でも、卵割るのか。それが正直な気持ちだった。黒木には、どんな作業からも離れて傍観しているイメージがある。卵焼きを作っているところを想像するのは、フランク・モーリーの定理を理解するより難しかった。

「僕は小塚和彦、同じ開生高校付属中学二年です」

健斗の表情が、わずかに曇る。進学を希望していた中学への親しみは、別の感情に変わろうとしていた。羨望へ、その後は嫉妬へと移行するのかもしれない。和典は、自分の番になった時には、中学名を言うのは避けようと思った。

「最近の失敗は、育てているアロエの葉に羽虫がついているのに気づいたので、取ろうとして植木鉢の上に急いで屈《かが》みこみ、脇から出ていたアロエの小さな葉の先を鼻の奥まで突っこんだ事」

またも笑いが起こる。和典は、健斗の顔色を窺《うかが》いながら口を開いた。

「えっと俺については皆、わかってると思うから飛ばす。最近の失敗談は、この春、穴に落ちて全身十二ヵ所を骨折した事」

健斗は、唇を引き結んだまま声を殺して笑う。怪我《けが》は男の名誉であり、勲章だと思っている中学男子は多い。だがその加減は微妙で、やり過ぎるとただの馬鹿げた失敗であり、間抜けでしかなかった。場を盛り上げるために、和典は多少不貞腐《ふてくさ》れてみせる。

「おまえら、一回やってみろよ、十二ヵ所同時骨折。大変だからさ」

皆が、口々に答えた。

「いや、いい」

「遠慮するよ」

「それほど暇じゃないし」

健斗がすっかり溶けこんでいるのを見て、和典は水を向ける。

「次、健斗ね」

健斗は、自分の過去を隠すかもしれなかった。それならそれでいい。事件や健斗の現状は和典が黒木に話しており、小塚にも伝わっていた。本人が話さないなら、皆も知らない振りをするだろう。

「俺は小林健斗。失敗談は、この夏ずっとこのサンダルはいてて、」

片足を上げ、クロックス・サンダルの穴を指差す。

「こんな、なっちまった事」

そう言いながらサンダルを脱いだ。足の甲が、ドット模様に日に焼けている。

「間抜けっしょ」

皆が笑った。健斗もそれに交じる。一頻《ひとしき》り笑ってから咳払《せきばら》いをすると、真面目な顔になった。

「俺、ちょっと複雑な事情持ちなんだ。重いけど、いちお話しとくよ。開生中学を受験する予定だったんだけど、その直前に養父が車で事故を起こして、同乗してた母と弟たちが死んだんだ」

和典が驚くほど淀《よど》みのない、滑らかな口調だった。

「遺体安置所で三つの死体を見せられて、俺すごく混乱してさ、起こった事を自分自身に納得させるのに精一杯、その気持ちを引きずってて、結局、受験会場に行けなかった」

小塚が痛々しそうに眉根を寄せる。黒木も、気持ちはわかるといったように頷いた。既に知っている話でも、当事者から直接聞くとリアリティがあり、胸を突《つ》かれるらしい。

「その後、それが義父の企んだ保険金殺人だって事になって、警察には何度も呼ばれるし、家にはテレビとか新聞とか週刊誌なんかが押し寄せるし、大混乱だった。俺はいったん親戚の家に引き取られたんだけど、そこに自分の居場所を見つけられなくて、この街に戻りたくてさ、祖母の家に置いてもらう事にしたんだ」

恐ろしいほどの悲劇の渦中にいたというのに淡々とし、誇張も歪曲《わいきょく》も感じさせない素直な話し方だった。それを聞きながら和典は思った、今まで自分は事件の大きさに圧倒され、健斗の本当の気持ちをわかっていなかったのではないかと。

健斗は胸の奥に苦悩を押しこめているとばかり思っていた。それがいつか噴き出すのではないかと危惧もしていた。和典が自分を基準にして想像すると、どうしてもそうなるのだった。だがこんなふうに静かに話ができるのは、心の整理がついているからではないか。健斗はもう、自分の過去と決別したのかもしれない。

「ところが祖母の家に来てみたら、すげぇ切り詰めた生活してるのがわかって、食い盛りの俺がいると大変そうで、これ以上迷惑かけられないと思ってさ。今ベストなのは、どっか俺をもらってくれる家に養子に行くことだろうなって考えてるとこ、以上」

きれいにまとめて頭を下げる。

「こんな俺、どうかよろしく」

きっぱりとしたその様子に、小塚が感嘆の溜《た》め息をついた。

「すごく偉いね、小林君」

感心したように首を横に振る。

「大変な事が山ほどあったと思うのに、よく頑張ってきたよね。尊敬する」

健斗は、頬を歪《ゆが》めて微笑した。

「そりゃ俺だって、落ちこんだ事は何度もあったよ。だけど過去に足取られてても、しょーがねーからさ。それよりこれからをどうするかって考えないと、やってけないだろ」

完全に吹っ切れている様子が伝わってきた。和典が自分の弱腰を克服できず、会いに行けなかった間に、本人は一人でそれを乗り越えたのだ。

「俺の夢は、ヒーローだ。多くの人間を救って英雄と呼ばれ、死んだら伝説になるんだ」

胸を打たれる。それを初めて聞いたのは、小学三年の時だった。当時、明るく力強かったその口調は、今、深みを帯び、悲壮に感じられるほどの真剣さを伴っている。小学生で掲げた人生の目標を、健斗はなお胸に宿らせているだけでなく、いっそう堅固なものにしているらしかった。つまり、どんな不幸も健斗を変える事はできなかったのだ。その強さが、うれしかった。

「おまえ、英雄志向なのか」

黒木の声には時代錯誤だというニュアンスが籠《こも》っていたが、健斗を見る目は、初対面の時よりずっと優しくなっていた。

「生身でそれ目指すのって、結構、大変だぜ」

健斗はわかっているといったように何度も頷く。

「でも俺は、そう生きるしかないんだ。それが俺の、たぶん宿命」

思いつめた言葉が、車内で浮き上がる。黒木は驚き、小塚は明らかに引いていた。亀裂が入ったかのようなこの場を、和典は元に戻そうとしてあせる。あれこれと足掻《あが》きながら、何とか突破口を見つけた。

「なんか、すげぇドラマチックじゃね」

からかうことで亀裂は埋められるだろうと踏んだ。小塚がすぐ反応する。

「若武の台詞《せりふ》みたいだよね」

黒木も頷いた。

「ああ、きっと同類だ」

空気が落ち着き、和典は胸をなで下ろす。

「若武って、誰そいつ」

健斗に聞かれ、和典はあわてた後の疲れを噛みしめながら、いい加減に答えた。

「だから、おまえの同類だって言ったろ」

健斗が肩を小突く。

「それじゃ卵と鶏どっちが先かって話じゃん。いつまで経《た》っても堂々巡りで、訳わかんねーぜ」

笑いが広がった。

「小林、まだ開生に来る気あんの」

黒木が組んでいた脚を降ろし、左右の腿《もも》に腕を載せて前かがみになる。

「だったら編入学の制度があるよ。返済しなくてもいい奨学金もある」

確か入学時に、そんな説明を受けていた。ようやく思い出しながら和典は、もう一度、健斗と一緒に学校生活を送れるかもしれないと考える。胸が躍《おど》った。昔のように刺激的でワクワクする毎日をまた過ごせるかもしれない。

「今からでも全然遅くないよ」

健斗の表情が、ふうっと緩む。精悍《せいかん》さが影をひそめ、無為で無邪気な顔になった。まぶしそうに目を細め、どこか遠くに視線を投げる。遠ざかっていく岸辺を見ている船人のようだった。

「そっか」

そう言ったきり黙りこむ。編入学の意思があるのかないのか、まったくわからなかった。和典はもどかしく思いながら口を開く。

「書類、もらってきてやろうか」

健斗がこちらを向いた。

「ん、まだいい。ちょっと考えてみっから」

顔に、精悍さが戻ってきている。その時初めて和典は、わかった気がした。健斗は、昔の日々を懐かしんでいたのだ。もう二度と戻れないと思っているか、あるいは戻らないと決めていて、それを愛おしんでいたのだろう。健斗には、どこか目指す場所があるのだ。きっと開生には来ない。そう感じた。自分はもう健斗と一緒の学校生活を送る事はできないのだ。

会話が途切れ、道路に吸い付くように走る車のタイヤの音が大きくなる。誰も何も言わないのを見て黒木が足元に置いてあったボストンバッグを引きずり寄せ、サイドポケットから薄いリーフレットを出した。

「これが、今年の懇親会の日程表」

手に吸い付きそうなほど薄く上質な紙で、表紙には葉月会と印刷されている。ページをめくると、日程が書かれていた。到着日は自由行動で、十七時から親睦会。二日目はゴルフ、保津川《ほづがわ》下り、長岡京廻《めぐ》りと石清水八幡宮《いわしみずはちまんぐう》参拝の三つが用意されており、参加は自由。夜は正式晩餐会《ばんさんかい》。三日目は朝食の後、解散となっていた。

「俺らは、親睦会場で主催者に挨拶《あいさつ》だけして退出する予定だ。居たければいてもいいが、話は三住グループの動向や、今後の展望についてだ。決しておもしろいものじゃない。翌日もフリーになってる。参加メンバーは、次のページ」

肩書の付いた名前が、ずらっと並んでいた。一番最初に書かれているのは、村上総《さとし》。創業家第十七代当主とあった。

「この村上氏が三住グループのトップなの」

小塚が聞くと、黒木は軽く首を横に振る。癖のない髪が乱れ、一筋二筋、頬にかかってその顔に影を落とした。黒木は時々、秘密を抱えた大人の女のように見える。魅力的で神秘的だった。

「いや村上氏はグループの象徴的存在で、経営には関与していない。君臨すれども統治せず、だ」

天皇みたいだなと和典は思う。

「経営に関与すると、株主代表訴訟なんかが起こった場合、個人財産に被害が及ぶ可能性がある。それを避けるために、創業家は代々、別の職業についているんだ。村上氏の父親は議員だったし、村上氏はグループとは無関係のテレビ局に就職し、会長まで務めて数年前に退任している」

二つの社会的集団に同時に所属する事は、経営学者ドラッガーが提唱し、パラレルキャリアと呼ばれている。今でこそ最先端の生き方とされているが、古くは二足の草鞋《わらじ》として冷ややかな目を向けられたはずだった。それにもかかわらず代々続けてこられたのは、ビジネスマンとしての慧眼《けいがん》を持った一族だったのだろう。

「相当な財産なんだろ」

健斗が身を乗り出した。

「どのくらい持ってんだ」

黒木は、ジャケットの内ポケットに手を入れる。小型のタブレットを取り出し、画面を払って英語のリストを呼び出した。

「これは、世界中の億万長者の名簿。経済誌フォーブスが毎年発表してるやつだ。資産五億ドル以上の千八百十人が載っている。その内、日本人は二十七人。で、そのトップが村上総だ。資産総額十兆九千五百億円」

和典は舌を巻く。日本の今年の防衛費の倍以上だった。

「で、参加メンバーのリーフレットに戻ってほしいんだが、村上氏の下に並ぶ三人」

肩書は、三住重工と三住商事の会長、それに三住銀行の頭取である。

「彼らは、億万長者リスト日本人順位の八位、十一位、十三位だ」

和典は、フォーブスの名簿に視線を向ける。三人とも、数千億の資産を持っていた。

「村上家は、元々京都の商人だ。明治初期、金に困っていた政府に献金して政商となった。それ以降、政治家と結びついて儲《もう》けてきたんだ。当初は輸送業を手掛けていたが、明治七年から十年にかけて士族の反乱が多発した時期に、武器の製造にも手を広げ、その輸送に当たって莫大《ばくだい》な富を手に入れた。この時点で三住を名乗るようになっている。第一次大戦でも政府の事業を受注して儲け、第二次大戦では、戦闘機や大型船舶を大量に製造して日本最大の官需メーカーに伸《の》し上がった。現在、三住グループの三本柱は、国防産業を支える三住重工、貿易を支える三住商事、金融を支える三住銀行だ。企業理念は、裏表紙にある」

リーフレットを裏返すと、その中央にこう書かれていた。国家のための三住。和典は人差し指と親指で輪を作り、そのリーフレットを弾《はじ》く。

「すげぇ。けど俺、ここにだけは絶対、就職したくね」

国のためより、人のためを目指す企業の方が好きだと思いながら再び、黒木のタブレットを見た。一個人にこれほどの資産が集中している事が納得できなかったし、この社会でそんな偏《かたよ》りを生じさせていいのかとの疑問も持つ。自分の生活の苦しさを話したばかりの健斗の目に、このリストや数字はいったいどう映るだろう。

先日アメリカで発表された調査によれば、旅客機に搭乗する際、エコノミー席の出入り口から入ってエコノミー席に収まった客と、ファースト席の出入り口から入ってファースト空間を通り、エコノミー席に収まった客が機内でトラブルを起こす確率は、後者が前者の倍以上という結果だった。格差を目の当たりにすると、下方に位置づけられた人間の心は荒れるのだ。

貧しくて好きな部活もできず、高校進学はもちろん中学在学も危ぶみながら、祖母のために自分にできるのは養子に出る事だけだと考えている健斗は、相当やり切れない気持ちになっているのではないか。

心配しながら目を向ける。瞬間、自分のバロメーターを叩《たた》き壊《こわ》された気がした。健斗は笑っていたのだった。二つの目には、うれしくてたまらないといったような荒々しい輝きがある。実に満足そうだった。理由がわからず和典は混乱する。なぜだと思いながら慎重に健斗の様子を観察した。

「何がおかしい、小林」

見咎《みとが》めたのは、黒木だった。やはり気になったらしい。健斗は揉《も》み消すように笑みを収める。

「いや、十兆九千五百億円を持つ村上総の養子になれたら最高だろうなと思ってさ」

黒木は目を伏せ、そこに浮かんだ警戒の光を隠した。

「村上氏には、確か子供がないと思ったな。養子の可能性は、ゼロじゃないよ」

健斗は、勢いよく拳《こぶし》を握りしめる。

「おっし。皆、俺が養子になれるように協力しろよ。遺産が手に入った時には、一兆ずつ分けてやるからさ」

小塚が笑い出し、緊張が和んだ。和典もそれに巻きこまれ、一瞬、安心する。きっと健斗は不遇な現在に拘《こだわ》ることなく、未来を見つめているのだろうと結論した。

「もし今、それが手に入ったとしたら、僕たち就職しなくてもいいね」

小塚の言葉を聞きながら、素早く計算する。

「男性平均寿命を八十歳として、それまで生きるとすれば、あと約六十六年だ。もし今、一兆が手に入れば、これから毎月十億以上を、死ぬまで使える事になる」

皆が一瞬、口を噤《つぐ》んだ。その大金を手にした自分を、頭の中で想像する。中学男子の想像は、すぐさま妄想へと発展するのが常だった。

和典は、数学に浸りきる環境を思い描く。ディープラーニングの専門家に発注し、家事のすべてを任せっ切りにできるロボットを作ってもらって、自分は朝から晩まで数字と向き合っている。数学界に存在する未解決問題、たとえばリーマン予想やバーチ・スウィンナートン＝ダイアー予想の解決に身を捧《ささ》げ、人生を賭けてそれらを解き明かす。そんな自分を心に浮かべ、陶然《とうぜん》とした。

隣に座っていた小塚の口から溜め息がもれる。蕩《とろ》けるような表情だった。

「僕、今、小塚動植物昆虫園の中を散歩してるとこだよ」

黒木は両手を後頭部で組み、視線を天井に投げている。無表情なその横顔から、心の内は窺い知れなかった。和典は、健斗に視線を回す。

巨万の富を手にしたら、さぞ多くの人間を救えるだろう。きっと満足しているに違いないと思ったのだが、意外にも健斗は退屈そうな顔をしていた。自分の掌中《しょうちゅう》に落ちる金については何の関心もなさそうで、車内に視線を泳がせている。

その無関心さに、和典は再び混乱した。納得できないものを感じながら、先ほどの健斗の荒々しい笑いを思い出す。それが今、目の前の顔に重なり、突如、自分の知らない人間に見えた。胸に兆した疑いが、プリズムに射《さ》しこむ光のように脳裏で飛び散り、内側から和典を照らし出す。喉が渇いていくような気分になりながら、探りを入れた。

「養子になったら学歴も手に入るだろ。政治家目指すんだよな」

健斗はふっと表情を失う。どこか、ここではない所を見つめるような、熱のない顔でつぶやいた。

「なれれば、な。政治家になって自分の国のために尽くす事は、多くの人間のために尽くす事と同じだし」

黒木が健斗に目を向ける。

「政治に関心があるのか」

唇には甘やかな笑みが浮かんでいたが、その目は笑っていなかった。

「ぜひ意見を聞きたいな。今、君が考えてる日本の政治の問題点って、何」

健斗はシートの背もたれに寄りかかり、腕を組む。

「俺が考える一番の問題は、」

ひどく億劫《おっくう》そうだった。

「今の日本には金がないって事だ。国債や借入金なんかを合計した日本の借金は、二〇一五年度末で一千四十九兆以上だ。今の政府は、この借金を解消する策を立てられないどころか、さらに増やそうとしている。何とかしないと、俺たちが社会に出る頃には国が破綻する。ギリシャみたいにさ」

言葉はどこか虚《うつ》ろで、真剣さを感じさせない。健斗は既に、政治への関心を心の奥に仕舞いこんでしまっているのだろう。自分が市議会議員にすら届かないとわかった時に、きっと放棄し、諦めたのだ。ではどうやって多くの人間を救い、英雄と呼ばれ、伝説になるつもりなのか。

「その原因の一つは、高齢者の数がどんどん増えている事だ。七年後には、六十五歳以上の高齢者が総人口の三十％以上になると見られている。日本人の多くは早ければ六十歳、遅くても六十五歳で仕事を辞める。で、国から年金を受け取って暮らす。さらに後期高齢者になると、国が医療費のほとんどを負担するんだ。国にとっては、これが重荷になる。平均寿命は延びる一方だから、国の支出も多くなる一方。公的年金も、二期連続で赤字だ。日本はもう高齢者に今まで通りの福祉ができる状態じゃない。財源がないんだ。それなのに依然として同じ事を続けて、それを借金で賄《まかな》っている。俺たちの世代は、その借金を背負っていかなきゃならない訳。日本も至急、かつてイギリスがやったみたいに社会保障を削ったり見直したりすべきだ」

夢の余熱に煽《あお》られるように、滔々《とうとう》と話す。

「でも政治家はそこに手を付けようとしない。なぜって高齢者は働いてないから時間がたっぷりあって投票にもよく行く。選挙に立候補する政治家は、一票でも多く取りたいから高齢者に不利な政策は立てない。で、その場しのぎで国債を発行して借金を作り、その金で高齢者への福祉を続けている。これが今の日本の大問題の一つ。それに現在の政府は、ひでぇ勘違いをしてる。選挙で選ばれたら、その任期内は何をやっても構わないし支持されるって思ってんだ。だけど政府は主権者じゃないんだから、それはない」

小塚が哀《かな》しげに視線を伏せた。

「そういう事がわかってても、僕たち、何もできないよね。まだ選挙権ないし。中学生って、生きてるのが哀しくなるくらい政治に関して無力だよ。僕たちの多くが政治に関心をもたないのは、そういう空《むな》しさを感じて絶望しなくてもいいように、頭の中で回避システムが働いているのかもしれない」

健斗は、背もたれから体を起こす。

「確かに中学生は、法的には何もできない」

開いた両腿に両肘《ひじ》をつき、その上で十本の指を組んで和典たちを見まわした。

「だが、法を無視すればできる」

被《かぶ》っていた仮面を一気に脱ぎ捨てるかのような言い方だった。

「俺はやる気、満々だ」

車内の空気が緊張する。それを見て、健斗は肩をすくめた。

「なんちゃって」

冗談めかした目の中で、あの強い光がまたたく。自分のすぐそばに目標を見すえているような、確信のこもった攻撃的な眼差《まなざし》だった。その激しさを放っておけず、和典は声を上げる。

「やるって、何を」

健斗は笑みを浮かべた。片方の頰が吊《つ》り上がり、挑みかかるような微笑になる。

「さぁな」

和典は、昔、健斗が急に曲がった事を思い出した。数学から女へと突然、興味を移したのだ。もしかしてまた、どこかで曲がったのか。法を無視するというその曲がり方は、昔とは決定的に違っていた。この世のルールに従わない、むしろそれを破壊する方向へと曲がったのだ。危ないと思いながら和典は健斗を見すえる。どこで曲がった、いったい何を目指してんだ。

「何のために、」

黒木が硬い声を出す。明らかに答を強要していた。

「君は、それをやるんだ」

健斗は笑みを広げる。まるでいく度も繰り返し練習したかのような滑らかさと、わずかな気取りをこめて答えた。

「Kのためだ」

4

「十五分、休憩を取ります」

運転席からの連絡を受け、サービスエリアの駐車場に停《と》まった車から外に出る。一歩踏み出したとたん、灼熱《しゃくねつ》の陽射《ひざ》しと地面からの放射熱に包まれた。ホットサンドメーカーに挟まれたサンドイッチの気分になる。自分自身がボッと火を噴きそうだった。

「ここ、人間の生息場所じゃねーだろ」

いかにも夏休みらしく駐車場はほぼ満車で、誰もが暑そうに顔を歪《ゆが》めて歩いていた。元気よく走り回っているのは幼児だけである。トイレ方向に向かう健斗の後を追おうとして、黒木の視線に気づいた。かすかに首を横に振り、引き止めている。

「あれ上杉、トイレ行かないの」

こちらを向いた小塚に手を振って二人を見送りながら、その場に留まった。黒木が近づいてきて、後ろ姿の健斗を顎《あご》で指す。

「あいつ、ヤバすぎないか」

艶《あで》やかな黒い目に、太陽のぎらつく光が映っていた。和典は溜《た》め息をつく。

「かもしんね」

否定できない自分が腹立たしかった。トイレの壁の向こうに消えていく健斗の白いTシャツを追いながら、心でさっきの問いを繰り返す。どこで曲がった、法を無視するなんていったい何を目指してるんだ、せっかく過去を吹っ切っても、それじゃ意味がないじゃないか。苛立《いらだ》ちながらそこまで考えて、はっとした。自分の察しの悪さに腹が立つ。

何、ボケてんだ俺。あいつが曲がったとしたら、過去と決別するために、それを乗り越えるために曲がったに決まってるじゃないか。曲がらなければ、乗り越えられなかったのだ。

胸に痛みを感じながら思う、健斗が一番辛かった時に、自分は救ってやらなかったと。あの時期に会いにいって、その気持ちを受け止めていたら、曲がらずにすんだかもしれなかったのに。

「上杉先生お得意の数式にすれば、だ」

黒木が、腹立たしげに舌打ちする。

「英雄志向＋政治に興味がある＋非合法な手段を躊躇《ためら》わない＝暴力的社会革命、つまりテロだ」

これほど乱暴な論理を吹きかけてくる黒木は珍しかった。イコールでなくニヤリーイコールを選んだところにわずかに理性を感じるものの、やはり京都には黒木の意に染まない何かが待っているのだろう。

「あいつ、いったい何にかぶれてんだ。トロツキーかゲバラか。どっかの過激派の下部組織か労働組合から、オルグでも受けてんじゃないのか」

お友達作戦は、完全に失敗したらしかった。

「半端に聞きかじってる奴《やつ》は、何でもやる。大量殺人を起こす連中の中には、俄《にわか》仕込みの革命理論を振りかざし、自分が戦士になったつもりの奴が少なくないんだ。Kってのは、革命のKだろ。これであいつが凶器でも持ってれば、大当たりってとこだ」

ここまで怒らせたら、ちょっとマズいなと思いながら、どう宥《なだ》めようかと考える。

「これから行く所に集まっているのは、日本の資本主義の一角を支える連中だ。グループ企業を名乗っているものの、その実態は旧財閥なんだ」

日本の経済史に、和典は詳しくない。この際、黒木に説明させ、ついでにその怒りを四散させようと企《たくら》んだ。

「日本の財閥って、戦後GHQの命令で解体されたんじゃないの」

黒木は、苛立《いらだ》たしげな吐息をつく。

「三住財閥は一九四六年に解体され、消滅した。だが六年後の対日講和条約で、財閥傘下にあった各会社が再び結束し始め、グループ会社として組織化されていったんだ。一九九七年に独占禁止法が改正されて、財閥は事実上、復活した。かつての特徴だった株式非公開や、創業家が人事権を握るなどの旧弊は改められたけれどね。もちろん今の政府とも結びついている。葉月会を招集する創業家第十七代目当主村上氏は、新年会でこういうメッセージを出した。政府が旗振りを始めた第四次産業革命時代に向けて、三住は再び集結せよってね。意気は盛んだ。ということで」

業を煮やした様子で説明を切り上げ、こちらを向く。

「危険分子は連れていけない」

日頃の黒木の印象からは、遠い言葉だった。

「おまえって支配階層《エスタブリッシュメント》サイドの人間だったのかよ」

叩《たた》き返すような返事が聞こえる。

「違う」

胸の奥に漲《みなぎ》る苛立ちが、そのまま突き上がってきたかのような声だった。激しさに和典が驚いていると、黒木は気まずそうに目を背ける。

「暴力で秩序を破壊することに反対してるだけだ。小林健斗には、ここで降りてもらおう」

そこまで言われるとは思わなかった。黒木のストレスは最高潮らしい。和典は困惑したが、車も宿泊も黒木の世話だった。降りろと言われれば、そうするしかない。だが健斗に、ここから一人で帰れとは、とても言えなかった。

「じゃ俺も、降りるよ」

瞬間、黒木に胸元を摑《つか》み上げられる。

「おまえ、嫌がらせか」

そんなつもりじゃないと言いそうになり、そこに滲《にじ》んでいる黒木の本音に気がついた。これって、嫌がらせになってる訳か。思わず笑みが零《こぼ》れる。

「あ、俺に帰られたくないのね」

黒木の目に、焦《あせ》りが浮かぶ。その縁が、わずかに赤く染まっていた。いつもなら絶対、本心を見せないというのに、相当切羽詰《せっぱつ》まっているらしい。そんな黒木も何とかしてやらねばならなかったが、健斗の方も放っておく訳にはいかない。この際、黒木の気持ちを利用して双方をうまく収めるのがベストだろうと計算した。

「健斗については、俺が責任を持つ。おまえや三住グループに迷惑はかけないから、連れてってくれ。でなけりゃ、俺も一緒に帰る。決定権を持ってるのは、おまえだ。決めろよ」

黒木は目を背けたまま、途方に暮れたようにつぶやく。

「何で、そこまで入れこんでんだ」

答は、一つきりだった。

「友達だから」

正確には、自分がかつてすべき事をしてやらなかった友達だから、と言うべきなのだが、無駄に詳しく話してもしかたがない。

「じゃ」

黒木は、忌々《いまいま》しそうに手を下ろした。

「あいつのやる事に、おまえ、責任持てよ」

押しこむようにこちらをにらむ目が、もしそれができなかったら自分たちの信頼関係は破綻《はたん》するぞと警告していた。

「了解」

そう言うしかない。健斗については、正直、わからない部分が多かった。だが責任を感じている。曲がったのなら、元に戻してやりたかった。

「健斗の行動には、俺が責任を持つ」

トイレの出入り口から、小塚と健斗が姿を見せる。苦々しげに目をやる黒木の肩に手を載せ、軽く叩いてから二人の方に向かった。向こうからやってきた健斗が、和典に気づく。

「あ、上杉、やっぱトイレかよ」

アスファルトのきつい照り返しに目を細めながら頷《うなず》き、早足でトイレをめざした。黒木が健斗にどんな顔を向けているかが気になり、一瞬、振り返る。

「あ」

悲鳴が聞こえ、向き直ると、放り出された小さな箱が目の前で地面に落下するところだった。とっさに飛びつき、転がりながら胸の中にキャッチする。十cm四方の軽い箱だった。

「ありがとう」

頭の上から声が降ってくる。顔を上げると、一人の少女が立っていた。

「それ、陶器なの」

こちらの視線を吸いこみそうな、潤んだ大きな瞳をしている。中学生らしくセーラーの制服を着ていた。

「運ぶ途中に躓《つまず》いちゃって。落ちてたら絶対、割れてた。ほんとにありがと」

それを返そうとし、少女が同じような箱をいくつも重ねて両手で抱えていることに気づく。

「ここに、載せて」

その迂闊《うかつ》さを見過ごせなかった。載せてもいいが、また躓いたらどうするんだ。壊れ物を運ぶんだったら、袋ぐらい用意しろよ。そう思ったものの、初対面の相手に説教してもしかたがない。

「また躓くかもしれないから、持ってってやるよ。どこ行くの」

両手がふさがっていた少女は、顎で売店の方を指す。

「あそこまで」

和典は立ち上がり、売店に向かった。後ろから少女がついてくる。

「私、中学で陶芸部に入ってるの」

あ、そう。

「これ、私たちの作品なんだ」

別に、聞いてないし。

「それで、あのお土産物屋さんで売ってもらってるの」

思わず少女に向き直る。

「皆の物を預かって売りに行くんだったら、責任があるだろ。なんで手で運んでんだ。危険すぎると思わないのか」

少女は硬直してこちらを見つめ、直後、その大きな目にジワッと涙をにじませた。和典は仰天する。女を泣かせるのは、男じゃない。それが中学男子の常識だった。カッコいい男は、女を泣かせたりはしないのだ。

「そうだね。そうすればよかった。私、全然、気がつかなくて」

なんか、こいつ、トロい。

「車から近いから大丈夫かと思って。でも私が悪いんだ、きっと」

しかも相当、面倒くさそう。

「ごめんね、迷惑かけてしまって。私、いつも皆に言われるんだ、気がつくのが遅いって」

別に大した事じゃないから構わん。それより歩けよ。さっさとすませて、俺、車に戻らないと。

「でも私なりに一生懸命考えてるんだ。ただうまくできないだけ。こういうのって、どうすればいいの」

おい、サービスエリアで人生相談は、普通、無理だぞ。わかれよ。

「女の子相手に、何してんの、上杉先生」

笑みを含んだ声がし、目を向ければ、黒木がやってきていた。救われた思いで、手にしていた箱を押し付ける。

「これを、あの売店まで持っていけばいいだけの話だ。ついでに彼女を何とかしてくれ。おまえの特技の見せ所だろ。頼んだ。俺は車に戻ってるから」

5

途中で昼食をはさみ、京都に着いたのは午後一時過ぎだった。熟したような太陽が、盛んに熱を振りまいている。車の窓ガラス越しに家や古刹《こさつ》の屋根の照り返しを見ただけで、和典はげんなりした。

「俺、降りたくねぇ」

小塚が腕を伸ばし、背中を叩《たた》く。

「上杉、元気出して。自分を赤道直下に適応して生きている動物だと思えばいいよ、イボイノシシとかブチハイエナとか」

小塚に悪意のない事はわかっていたが、その手を叩き落とさずにいられなかった。思えるかよ、イボとかブチとか、カッコ悪い奴《やつ》ばっか並べやがって。

「俺たちは、同じ中学って事にしてあるからな」

黒木が全員を見回す。

「その方が面倒がない。話、合わせろよ」

車は久御山淀《くみやまよど》インターチェンジで高速道路を降り、旧京阪国道を北上、左折して桂川《かつらがわ》を渡る。

「あと五分ほどで到着いたします」

運転席からの連絡を聞き、小塚が窓の外に視線を投げた。

「このあたりなら、京都府の向日市《むこうし》だね」

和典は思わず期待する。

「もしかして京都より、涼しいとか」

クスッと笑う声が聞こえた。

「逆。京都の今の暑さは、海風が大阪に当たって上昇気流になっているせいもあるんだ。向日市は京都盆地の中にあって、しかも大阪寄りだから京都より暑いかもしれない」

撃墜された気分で、シートに沈みこむ。

「でもメンタル的には、ゾッとして涼しいかもね。呪いの都のあった土地だから」

最後の言葉に、皆がいっせいに身じろぎした。怪奇現象や都市伝説は、中学男子のホットワードといってもいい。一番反応が遅かったのは和典だった。なぜなら呪いは、数学から遠すぎるから。

「恐怖話で寒さを感じるのは、交感神経が刺激されて血管が収縮するせいだ。一瞬にすぎん」

馬鹿にした和典を、目を輝かせた健斗が腕で脇に押しやる。

「何だよ、呪いの都って」

黒木も興味深そうな顔になった。普通の中学男子と生態を異にするオタクの小塚にとっては思いもかけない反響だったらしく、いささか呆気《あっけ》にとられつつ説明する。

「日本の都は、七一〇年から平城京、七九四年から平安京だろ。小学校では、この二つしか習わないし、中学じゃ日本史はまだやってないから知らないと思うけど、実はその間の十年間、七八四年から七九四年まで長岡京と呼ばれる都が、このあたりに存在していたんだ。遺構が発見されたのは、ごく最近で、一九六四年に国の史跡に指定された。平城京や平安京と並ぶ大きな規模の都だったらしい。でも十年しか機能しなかった。原因は怨霊」

和典は鼻で笑う。

「って、それ、民間伝承か」

小塚は、珍しくきっぱりと首を横に振った。

「平安時代に朝廷によって編纂《へんさん》された『日本後紀』っていう正史があるんだ。『六国史』の三番目で、七九二年から八三三年までの間の出来事を記録したもの。ここに怨霊という言葉が使われてるんだよ」

まぁそれなら、ある程度は信頼がおけるかもしれない。和典は耳を傾ける気になったが、それでも内心では、電気もなかった時代の記述では、何をどう勘違いしているか知れたものではないと思っていた。

健斗が無言で掌《てのひら》を上に向け、指先を動かして先を急がせる。小塚は座り直し、姿勢を正した。真剣な表情で自分の記憶と向き合い、頭の中で整理している様子だったが、やがて口を切る。

「簡単に言うと、平城京から長岡京への遷都は桓武天皇《かんむてんのう》の意志で、反対者も多かったんだ。それを強硬に遷都したところ、一年と経《た》たずに遷都の責任者が暗殺された。怒った桓武天皇は、首謀者と思われる人間を矢継ぎ早に処刑、その中には実弟の早良親王《さわらしんのう》も含まれていた。この早良親王は皇位継承者で、桓武天皇の後を継いで天皇になる人物だったんだ。桓武天皇は自分の子供に皇位を譲りたいと考えていて、以前から早良親王と不仲だったと言われている。早良親王は無実を訴えたものの聞き入れられず、餓死させられたという説と、自ら餓死を選んだという説がある。その死後、長岡京では桓武天皇の妻や母親を始めとして近親者が次々死亡、疫病が流行《はや》り、飢《き》饉《きん》、洪水も相次いで、ついには皇位継承者となっていた桓武天皇の皇子まで原因不明の重病に倒れてしまう。これを陰陽師《おんみょうじ》に占わせたところ、この都を早良親王が祟《たた》っているという結果が出て、あせって長岡京の廃都を決めたんだ。これが七九一年」

ゆっくりと車が停《と》まる。運転手の低い声がした。

「到着いたしました」

皆が一瞬、その呪いの都に着いたかのような気分になる。小塚があわてて両手を上げ、素早く横に振った。

「その後二十四年もかけて祟りを鎮める方法が講じられてきてるから、大丈夫だと思うよ」

二十四年という年月の長さが、いっそう呪いの強さを感じさせた。無言で顔を見合わせる健斗と黒木を横目で見ながら、和典は運転手が開けたドアから外に出る。車内に立ちこめる閉塞感から早く自由になりたかった。

そこは、坂の突き当たりだった。会話に気を取られて窓の外を見ていなかったが、車は道を上ってきていたらしい。目の前には森のように茂った木々が広がり、その間に丈の高い木の門柱と門扉が立っている。風雨にさらされて色あせており、標札は出ていなかった。ここまで上ってくる人間がいても、目も留《と》めないだろうと思われるほど質素である。

「ほんとに、金持ちなのかよ」

車から降りてきた健斗が疑わしそうに首をひねった。黒木は余裕の笑みを浮かべながら、一番後ろからやってきた運転手がドアフォンを押すところを見ている。

「ご到着です」

ゆっくりと門扉が開いていく。あたりには人の気配がなく、電動らしかった。

「おお、すげぇ」

開いた門扉の向こうには、健斗が歓声を上げるほど豪華な四枚扉の鉄柵門があり、その遥《はる》か後方に白い吹き抜けアーチを前面に配した優美な洋館が見えた。二層のアーチの数は十二を超え、横に大きく広がっている様子は、翼を広げた白鳥に似ている。

「創業家の別荘で、三住グループの迎賓館としても使われている。設計は、鹿鳴館《ろくめいかん》を手掛けたジョサイア・コンドルだ」

絶句する健斗に目をやり、黒木はおもしろそうに笑った。

「敷地《しきち》は一万三百坪、建物は本館八百九十坪、別館六百八十坪だ」

皆で感嘆の吐息をもらしつつ、鉄柵門の向こうに広がる白亜の洋館を眺める。

「建物の後方には、二つの庭がある。洋式庭園と和式庭園だ。時間があったら散策するといいよ」

玄関に向かって歩き出す黒木を追いながら、和典は先ほど聞いた敷地面積から建物の坪数を引き、和洋の庭園の面積を出してみる。広大だった。それほど広い庭園というのは、いったいどんな造りになっているのだろう。小塚に聞こうとし、その顔を見て言葉を呑《の》む。いつになく暗く、元気がなかった。

「どした。体調悪いのか」

小塚は首を横に振る。

「早良親王は、実の兄の手で死に追いこまれた訳だろ。その時の気持ちを想像して、同情してたんだ。僕は一人っ子だから兄弟の感じって正確にはわからないけれど、誰よりも自分に近い存在なんだろうなって考えると、そういう相手から厳罰を下されるってすごくショックだろうし相当な絶望を味わったんじゃないかな。自分の実の兄が、我が子かわいさのあまり自分を排斥しようとしたなんてさ」

歴史上の事件を聞いた多くの人間がまず考えるのは、真犯人は誰なのかという事であり、和典もそうだった。だが小塚は気性がやさしく、思いやりが深い。色々な人間の気持ちをリアルに想像する力を持っていて、そのせいでいつも心を痛めずにいられないのだった。

「桓武天皇や朝廷の人々も、早良親王のその絶望の深さがわかっていたから、このままですむはずはない、何か起こるに違いないと考えていて、ただの病気や自然現象を含むあらゆるものを祟りに結びつけてしまったんだと思うよ、きっと」

ふと思いつく、祟りは数式になるかもしれないと。そのとたんに、茹《うだ》るような暑さが一気に遠のいた。スマートフォンを出し、祟りという言葉の意味を検索してみる。超自然的な存在が人間に災いを与える事、もしくはその時に働く力と書かれていた。

力というのは、物理的に言えばエネルギーである。この地球上のエネルギーなら、それが超自然であろうと自然であろうと、とにかくエネルギー保存の法則通りに動くはずだった。特殊相対性理論で説明できるかもしれない。社会の発展や自然現象を数理的に解析する先端数理科学の分野で、もう誰かが取り組んでいる可能性もあった。

「上杉先生、あと一秒で落ちるぜ」

耳に入ってきた黒木の声に、足を止める。片足は、すでに池の縁石の上だった。

「ちっ、落ちれば面白かったのに」

残念そうな声を上げた健斗の所まで引き返し、頭を小突く。健斗がやり返したので、小突き合いになり、黒木ににらまれた。

「じゃれてんなよ。ほら行くぞ」

目を向ければ、建物の二階正面に、四枚開きの扉の付いた玄関がある。それに向かって庭から馬蹄《ばてい》形の二つの階段が続いており、その手前に池が広がっていた。

「なんで建物正面に池なんだ」

不服を申し立てると、黒木が肩をすくめる。

「あの階段の下は、車寄せだ。普通はあそこまで車で入る。逆にあそこから出てくる車もある。その時、流れが滞らないように造ってあるんだ。車回しの池と言って、まぁロータリーみたいなものだよ」

正当な理由があるのでは、黙りこむしかない。

「黒木さぁ」

小塚が首を傾《かし》げる。

「庭は洋式庭園と和式庭園だって言ってたけど、この建物自体は何様式なの。ルネサンス様式みたいに見えるけど屋根とかが違ってるし、前庭をこんなにきちんと作るのも変だよね」

黒木が皮肉な笑みを浮かべた。

「そこはコンドルだよ。よく言えば折衷建築だが、悪く言えば西洋かぶれの金持ち連中が好む派手な部分の寄せ集め建築だ。まぁ無国籍建造物だね。鹿鳴館だって、そうだったろ」

鹿鳴館は、諸外国との間で結ばれた不平等条約を改正させるため、日本が近代化された国である証明として造られた社交場だった。西洋建築を真似《まね》した建物を舞台に、洋装を身に着けた男女が、付け焼刃のダンスを披露した。建物もダンスも本物の中で育ってきた西洋人には、かなり馬鹿にされたと言われている。西洋を真似るより、日本の長い歴史と重みを押し出した建物で、日本らしい奥深い持成《もてな》しをして尊敬を集めるべきだったものを、猿真似に走ったのだった。この旗振りをしたのは、長州藩の武士だった井上馨《かおる》。その周りには政府高官となっていた薩摩《さつま》藩士、土佐藩士たちがいたが、いずれも自国の文化の素晴らしさを理解せず、考え方が非常に浅かったというのが和典の感想である。

「この建物も鹿鳴館と同じで深みゼロだけど、派手さはピカイチだ。ま、ここに来るような連中にはふさわしいよ。金と権力しか頭にない奴ばっかかなんだからさ」

揶揄《やゆ》するようでもあり、腹立たしげでもあった。黒木がそんな断定的な口調で話す事は滅多にない。和典はサービスエリアでの会話を思い出しながら、階上にある玄関を見上げた。あの向こうに待っている何かが、黒木を駆《か》り立てるのだ。

「さ、行こう」

馬蹄形の階段を上り、セレーナ石を敷いたバルコニーに立つ。正面の扉が開かれ、黒いスーツ姿の男性が姿を見せた。

「黒木様、お待ち申し上げておりました。お連れ様は上杉様、小塚様、小林様ですね」

黒木は頷《うなず》きながら扉の中に踏みこんでいく。それに続いて建物に入ると、ひんやりとした空気が体を包んだ。そこは二畳ほどのスペースの玄関廊で、大きなテーブルが置かれており二人の若い男性が立っている。手にはラテックスの手袋をはめていた。

「お手持ち品をここに。ポケットの中の物も、お願いいたします」

黒木が、うんざりした様子でこちらを振り返る。

「手荷物検査だ。悪いが、協力してくれ」

まるで空港のようだった。黒木に続いて和典も、バックパックをテーブルに置く。ポケットに入れていたハンカチと小銭入れ、スマートフォンも出した。男性の一人がバックパックを開け、中を改めている間に、もう一人が和典の体を叩き、ボディチェックをする。何の問題もないとわかると、正面の扉を開けてくれた。

「どうぞ、お入りください」

そう言いながら一枚のカードと印刷物の入ったクリアファイルを差し出す。

「お部屋のキーです。場所は、ファイル内の館内案内図に印がついています。案内図の裏側には、今年の葉月会のセレモニー内容と時間、場所、および館内電話のリストが印刷されています。別館の一階にある村上記念ホールでは、三住グループおよび創業家の歴史と遺品、この市に建設されている製紙工場の沿革がご覧いただけます。滞在中にぜひ一度足をお運びください。では、どうぞごゆっくりお過ごしくださいませ」

扉の向こうは、二階まで吹き抜けになったロビーだった。中央奥に優美な錬鉄の手摺《てす》りのついた幅の広い階段があり、踊り場で左右の二方向に分かれて、それぞれが階上に向かっている。階段の両脇は廊下だった。天井はドーム型でステンドグラスが嵌《は》められており、そこから降り注ぐ七色の光が、大理石の床に優しい模様を描いている。

「毎年、手荷物検査してんの」

黒木が、こちらを振り返った。

「そうだ。これから俺は、もっとやられる」

その目の中で、暗い光が揺れる。

「理由は」

和典が問いかけた時、閉まっていた扉の向こうで健斗の大声が響いた。

「これは曾祖父《ひいじい》さんの形見なんで、いつも持ってるんです」

男性の声が続く。

「館内には持ちこめません。お預かりします」

健斗の声が尖《とが》った。

「だめだ、預けられない」

和典はあわてて引き返し、扉を開ける。向き合った健斗と男性の間にあるテーブルに、一本のナイフと蜥蜴《とかげ》革の鞘《さや》が置かれていた。ナイフの刃渡りは二十五㎝ほど、肉厚でわずかにカーブしており、いかにも凶器という感じだった。サービスエリアでの黒木との会話が胸を過《よ》ぎる。和典の後ろからやってきた黒木が目を細めた。

「見事なボウイナイフだな」

声には、疑いと警戒の響きが籠っている。和典は緊張しながら黒木と健斗を代わる代わる見た。事態は、黒木の予想通りに進んでいるのだった。どうする。黒木が一瞬こちらに視線を流す。これでも責任が持てるのかと言わんばかりの目だった。

「言っとくが」

和典をにらんだその目を、黒木は健斗に向ける。

「この敷地内にゃ、それを使えるような獲物はいないぜ」

健斗は片頰を吊《つ》り上げ、笑みを浮かべた。

「さぁ、そいつはどうかな」

和典は素早く手を伸ばし、ナイフと鞘を摑《つか》む。象牙の柄の端に、島坂史郎と刻まれているのを見ながら刃を収め、検査係の男性に差し出した。

「お預けします」

後ろから健斗が二の腕を摑み、引きずり寄せる。

「おい、俺のだぞ」

抗議の光を浮かべている目を、真《ま》っ直《す》ぐに見返した。

「預けるか、引き返すか、どっちかしかない。入りたければ預けろ。それが、ここのルールなんだ」

本当に言いたいのは、もっと別の事だった。健斗の瞳に向かって無言で訴える。形見って嘘《うそ》じゃないよな。昔は持ってなかっただろ。でも信じていいんだよな。

「しかたね」

健斗は不貞腐《ふてくさ》れた表情で手を放した。背中を向け、ファイルを受け取ってロビーに入っていく。直後に、扉の向こうで声を上げた。

「獲物いるじゃん、あそこ」

和典が後を追い、扉の中に入ると、健斗はロビーの脇の壁を指差していた。ライオンの頭の剝《はく》製《せい》が飾ってある。その下に金色のプレートが打ち付けてあり、南アフリカ北部ベラベラにて、と刻まれていた。和典は健斗の頭を小突く。

「死んでっだろ。狩りの獲物なんだ、きっと」

健斗は目を丸くした。

「え、ライオンって狩っていいのか。絶滅の危険がある動物だろ」

後から入ってきた黒木が、肩をすくめる。

「私有地だったら、いいらしいよ。その辺は、小塚先生が詳しいと思うけど」

皆で小塚が現れるのを待った。蜂対策用品を詰めこんだナップザックの点検が、なかなか終わらないらしい。

「俺のナイフ」

健斗は、気がかりでたまらない様子だった。

「どこに持ってかれるのかな」

黒木が、皮肉な笑みを浮かべる。

「貴重品預かりの金庫だ。厳重なやつで、ＩＤ番号を打ち込んで指紋認証をしないと開かない。それをしないで触ると、セキュリティシステムが働いて警報が鳴り、同時に警備会社に通報がいくんだ。あきらめろ」

しかたなさそうに唇を歪《ゆが》めた健斗の顔に、開いた扉から差しこんだ光が当たる。振り向くと、その扉から小塚が姿を見せるところだった。

「ごめん、遅くなって」

いく分、無念そうな表情でこちらを見る。

「万全だった蜂対策の、一端が崩れたよ。エピペンとカッターを没収された」

健斗が、その気持ちはよくわかると言いたげに肩を叩く。

「カッターはともかく、なんでエピペンがだめなんですかって聞いたら、注射器類だからだって」

和典が考えていたのは、なぜ小塚がエピペンを持ってきたのかという事だった。

「小塚、おまえって蜂毒の抗体持ってんのか」

蜂に刺されると、人間の体内には抗体ができる事がある。その状態で二度目に刺されると、抗原抗体反応が起こり、激しい症状が出れば三十分以内に死に至るのだった。アナフィラキシーショックと呼ばれるもので、エピペンはその緊急治療薬である。

「ん、幼稚園の時ね、雀蜂《すずめばち》に刺されたんだ」

小塚の話し方は穏やかで、幼稚園の時に雀蜂を見かけたと言っているのと変わりがなかった。この温和さは謎だと、和典はいつも思っている。

「園の庭で蜘蛛《くも》の巣を見つけた時、たまたま雀蜂がかかっててさ、僕、それを逃がしてやろうとしたんだ。で逃がしたんだけど、刺されたんだよ」

何てこったと和典は思う。裏切られたってとこだな。

「ちゃんと反省したよ、それはしちゃいけない事だったから。自然界に生きている生物たちに干渉するのはルール違反なんだ。蜂は助かっても、蜘蛛の方は飢え死ぬかもしれないしね」

蜘蛛なんざ、飢え死ねと和典は思う。罠《わな》をかけて待ち構えている卑怯《ひきょう》さが許せなかった。

「おまえ、心が神ってるな」

健斗がそう言いながら、ライオンの剝製を指差す。

「神の目に、あれはアリか」

小塚は哀《かな》しそうにまばたきした。

「今、アフリカで問題になってるスポーツハンティングだよ。業者が繁殖させた動物を、電気柵で囲った森に放して、客に狩りをさせるんだ。麒麟《きりん》だと一頭四十万、縞馬《しまうま》は安くて十三万くらい、人気のある雄ライオンは五百万くらいするらしい」

ひでぇと和典はつぶやく。金を払って電気柵の中に入れたライオンを殺すのは、狩りというより虐殺だろう。

「それは昨年、」

声と共に廊下の奥から足音が近づいてきた。

「三住グループの同好者で、アフリカに行った時の記念品だ」

ステンドグラスの光の下に現れたのは、五十代始めの男性だった。

「なかなか立派だろう」

黒甲の眼鏡をかけ、頬から顎《あご》に短い髭《ひげ》を蓄えている。ネイビーのペンシルストライプスーツに白シャツ、ソリッドタイを締め、黒いストレートチップを合わせた姿は、いかにも機能的で俊敏な感じがした。

「黒木君、半年ぶりだね」

右手を出した男性に、黒木は嚙《か》みつくような笑みを向ける。

「前にも言いましたが、海田さん、実験者と実験動物が握手をすることはありません。その手は引いてください」

男性は苦笑した。

「健康そうでうれしいよ。何しろ私は四六時中、君の事ばかり気にかけてるんだから」

黒木は男性を見すえた目を、一瞬、和典たちに流す。

「僕の友達が誤解しないように、こう付け加えてください。それが自分のチームの研究課題で、かつ儲《もう》かる仕事だからと」

恐ろしく攻撃的だった。こんな黒木は滅多に見られない。和典は息を詰める。

「相変わらず頭脳明晰で、大いに結構。では行こうか。別館に用意ができてる。君としても早めに済ませて、滞在を楽しみたいだろう」

黒木は、和典に向き直った。

「十七時からの親睦パーティまで自由行動だ。好きにしててくれ。俺もパーティまでには戻る」

顔から表情が遠のき、二つの瞳は強く収縮して点のようだった。

「じゃな」

上げた片手を和典の肩に置き、一瞬、握り締める。黒木に縋《すが》り付かれたように感じ、思わず口を開いた。

「おまえ、どこ行くの」

理由をこじつけて、止めた方がいいのだろうか。迷っていると、黒木は手を下ろし、身をひるがえした。男性の後ろに続きながらつぶやく。

「検査」

光あふれるロビーから廊下の暗がりに消えていく後ろ姿を見送って、健斗が大きな息をついた。

「緊張感ハンパなかったな。噛《か》みつきまくってたし」

小塚も眉根を寄せる。

「黒木、大丈夫かな」

和典は、肩を摑んだ黒木の手の強さを思った。止めてほしかったのかもしれない。だが行動に出るには判断材料が少なすぎ、和典としては踏み切れなかった。苛立《いらだ》つ自分に言い聞かせる、戻ってきたら、よく事情を聞いて相談に乗ろう。そう考えた瞬間、黒木がなぜ今年、急に誘ったのかがわかった気がした。

今まで胸の中にしまいこんできた思いに、耐えられなくなったのだ。もう身が持たないのだろう。現実を見せ、わかってほしいと切望しているのだ。両手を拳《こぶし》に握りしめる。よし、了解した、必ず何とかする。

6

館内図を見ながら割り当てられた部屋に向かう。絨緞《じゅうたん》を敷いた幅の広い階段を上っていくと、途中の踊り場にトラベルケースが置いてあった。引き出したままの取っ手に、明るい灰色のハンチングが被《かぶ》せてある。

「サムソナイトのブラックレーベルだ」

小塚が感動した声を上げた。

「これ、すごくいいんだよ、軽いし衝撃も吸収するし、特殊素材で低温状態でも耐久性がある。僕もほしいな」

熱烈な視線を送って立ち止まろうとする小塚の肩を引き寄せる。

「はいはい、いい子だから行こうぜ」

他人の荷物のそばに立っているところを見られたら、それだけで怪しまれるし、万が一何かがあった場合には、必ず疑われる。面倒を避けたかった。

「これによると、俺たちの部屋は二階の南バルコニーに面した並びの四室だ」

館内図を見ながら健斗が先に立って階段を上る。二階のホールに出ると、ドーム型の天井の真下に飾りテーブルがあり、水盤が設《しつら》えられていた。中には細い葉の付いた数本の枝が活《い》けられ、その根元に二つ切りにされた緑色の筍《たけのこ》のようなものが置かれている。

「これ、何だろ」

和典が足を止めると、小塚が一見して答えた。

「延命竹っていって、日本では昔からある観賞用の生け花だよ」

ズボンの後ろポケットからルーペを出し、ひと通り観察しながら説明する。

「この緑の筍みたいなのが地下茎。触る分には全然、平気だけど、食べると危ない。シクトキシンっていう中枢神経に作用する猛毒を持ってるんだ。香りや葉の形が野生の芹《せり》と似ているから、野草取りの人が間違えて食べて、死ぬケースもあるよ」

ふっと気づくと、先に行っていた健斗がいつの間にか戻ってきて小塚の後ろに立っていた。じっと延命竹を見ている。天井のドームから降り注ぐ光を受けた頬で、七色の光が飛び散っていた。妙に胸が騒ぎ、和典は健斗の肩を抱き寄せる。

「行こうぜ」

絨緞を踏んで南側に向かった。小塚が続く。

「ここだな」

金線で縁取られた練色《ねりいろ》のドアには、それぞれの名前を書いたプレートが差しこまれており、皆が自分の部屋を確認した。

「十七時まで自由だ。どうする」

小塚が、うれしそうに微笑《ほほえ》む。

「部屋に荷物を置いたら、出かけるよ。褄赤雀蜂《つまあかすずめばち》を捜すんだ。よかったら一緒に行こ」

健斗が欠伸《あくび》をしながら天井から下がっているペンダント式のシャンデリアを仰いだ。

「行こっかな、やる事ねーし。上杉は、どうすんの」

黒木がいつ戻ってくるかわからない。その時すぐ話を聞いてやりたかった。部屋で待つのがベストだろう。健斗の行動に責任を持つと約束していたが、小塚と蜂を追いかけている分には問題が起こりそうもなかった。

「俺は、部屋で休む」

カードキーでドアを開けながら、健斗のナイフに刻まれていた氏名を思い出す。取りあえず確かめておこうとして振り返った。

「おまえの曾祖父《ひいじい》さんって、島坂史郎っていうのか」

健斗はナイフを取り上げられた事を思い出したらしく、いく分くやしそうな表情になる。

「そ。祖母《ばあ》さんの父親。祖母さんがまだ五歳の時、神隠しにあって消えたって噂《うわさ》の人物だ。その形見があのナイフ」

小塚が俄然《がぜん》、勢いづいた。

「すごい、神隠しって神秘的だよ」

健斗は眉を顰《ひそ》め、小塚の後頭部を叩《たた》く。

「それどころの騒ぎじゃねーって。当時って、男が金を稼いで家族を養ってた時代だぜ。働き手が突然いなくなって、うちは暮らしていけなくなったって祖母さんが言ってた」

健斗の家系は、曾祖父の時代から幸薄いのかもしれなかった。気の毒に思いながら片手を振る。

「じゃな、十七時に会おう」

カードキーをドアに翳《かざ》し、ロックのはずれる音を耳にしながら部屋に入った。五十m²ほどもありそうな広さで、バルコニーに面した三つの窓から入りこむ陽射《ひざ》しがレースのカーテンを輝かせている。白と青灰色を基調にした内装は品があり、美しかった。

壁際にクイーンサイズのベッドが設えられ、その上に白いパジャマが載っている。花の飾られたサイドテーブル、大型テレビとパソコン、冷蔵庫があり、ソファのそばには共布のオットマンが添えられていた。隅の方にひっそりと置かれた木の机には、レターセットとチョコレートが置かれている。

二つあるドアの一つはトイレと洗面所、もう一つはシャワーブースが独立したバスで、籐《とう》の籠の中には、大小のタオルが山ほど積み重ねられており、壁のフックから白いバスローブが下がっていた。広い洗面台の上に並べられている洗顔やバス用の石鹼《せっけん》、ジェル、シャンプー類からヘアブラシ、ドライヤーのすべてに三住グループのマークが入っている。

リゾートホテルに来たような気分でソファに腰を下ろし、テレビの電源を入れた。アフリカ大陸の飢餓地帯の映像が流れ出る。和典は部屋を見回した。天井にはヴェネチアングラスのシャンデリア、床にはペルシャ絨緞《じゅうたん》、不必要なほどの富が集中していた。この部屋の中で貧困のテレビ報道を何の疑問もなく見られる奴《やつ》なんざ絶対、頭が腐ってる。そう思ったとたん、脳裏に健斗の言葉が甦《よみがえ》った。法を無視すればできる、俺はやる気満々だ。

過去を乗り越えるために、健斗は何に縋《すが》ったのだろう。そして今、何をやろうとしているのか。急いで突き止めねばと思いながら、没収されたナイフを思い出す。形見といった健斗の言葉に、嘘《うそ》はないと信じたい。だが、それだけか。もしそれだけなら、預けたナイフの代わりを求める事はないだろう。そうでないなら、代わりが必要だ。

和典は立ち上がり、ドアから飛び出してホールに向かう。ドーム型の天井の真下にある飾りテーブルの前で足を止めた。高くなる鼓動を抑えながら水盤に目をやる。活けられていた延命竹の、地下茎だけが無くなっていた。荒々しく毟《むし》り取ったその断面に、先ほどの健斗の目が重なる。和典は奥歯を嚙《か》みしめた。

何のつもりだ。多くの人間を救い、英雄と呼ばれて伝説になるんじゃなかったのか。車内が凍り付くほど重い、宿命という言葉で語っていたその気持ちは、嘘《うそ》か。

第2章　ゲノム編集

1

「さっきは、神秘的だなんて言って、ごめんね」

和彦は背負ったナップザックの肩掛けを両手で摑《つか》み、バランスを取って坂道を下りながら、思い切って切り出す。

「軽率だったよ。ほんとにごめん」

健斗はこちらに目を向け、口角を下げた。

「別に。マジに取んなくていいし。俺が生まれる前の話だかんな。ほとんど関係ねーよ」

あたり一帯は、延々と続く竹林だった。道路に面して作られた竹垣の向こうで、太く背の高い竹が細長い葉を風に靡《なび》かせ、ざわめいている。夏の大気に緑の匂いを解き放ち、葉の間から振り零《こぼ》れる空気をエメラルド色に染めていた。

「これ、うっとうしくね」

密集する竹を、健斗は不愉快そうに見上げる。和彦は、竹の節の数を数えた。

「この竹林は、できて十六年くらいだね。美味《おい》しい筍《たけのこ》が取れるんだ」

健斗は顔を強張《こわば》らせ、身構える。

「おまえエスパーか」

和彦はあわてて両手を振った。

「この竹は孟宗竹《もうそうだけ》っていう種類で、筍がすごく美味しいんだ。竹は木みたいに年輪を作らず、代わりに節を作るから、その数を数えれば樹齢がわかるんだよ」

ようやく納得したらしい健斗と肩を並べ、坂道を降りる。

「孟宗竹か。中学男子みてーだな」

「なんで」

「孟宗竹だろ、モウソウダケ。俺たちって、妄想だけ、してんじゃん」

笑いながらわずかに途絶えた竹林の向こうに目をやれば、崖になっており、その下に畑があって河原に続いていた。かなり水量のある川で、小畑川《おばたがわ》との表示板が立っている。太陽を反射した川面《かわも》が白くきらめき、和彦の目を射た。

「水切りしよっか」

不意に健斗がつぶやく。

「俺、川見ると、水切りしたくなる」

水切りというのは、小石を投げて水の上をジャンプさせる遊びだった。和彦はしたことがないが、見たことはある。

「幼稚園の頃、よく父ちゃんと川に水切りに行ったんだ」

水を蹴散らして走る石は、水中の昆虫にとってはモーターボートさながらだろう。和彦はいささか同情している。

「うちの父ちゃん、夜は遅くまで自分の店で飲んでっから、朝は起きらんねーんだ。でも俺、馬乗りになって起こす。弟たちはまだ寝てるから、俺と父ちゃんと二人きりで水切りしながら男同士の話をしたんだ。男なら人の役に立って、歴史に残るような大きな仕事をやらなきゃダメだと か、よく言ってた。父ちゃんにはできなかったけど、おまえは頑張れって」

健斗が英雄を目指し、伝説になるのを夢見ているのは、それを父親の遺言のように感じているからかもしれなかった。死んでしまった父親も、そういう形で健斗の胸に生き続けている。それは他の生物とは違う、人間だけが持つ力だった。

「いい思い出だね」

和彦の言葉に、健斗は気分が削《そ》がれるといったように口を尖《とが》らせる。

「おまえ、そういう纏《まと》め方すんなよ。ハズいだろ」

若干、頬を赤くしていた。中学男子は皆、独特の感覚を共有している。それを和彦は、うまく感知できなかった。学者の父と専業主婦の母、趣味に生きる叔母という大人ばかりの環境で育ち、友達と遊ぶより動植物と接している時間の方が圧倒的に長かったせいかもしれない。クラスにもなじめず、浮いていた。それでもいいと思えるようになったのは、中一の夏休み、伊勢志摩に行ってからである。

「ごめんね」

そう言うなり、頭を小突かれた。

「謝んな。逆にムカつく」

途方に暮れていると、健斗は区切りを付けるかのように大きく息を吐いた。

「知ってるか、水切りって、全国大会があるんだぜ。ギネス記録は、アメリカ人の八十八回だ。ちなみに俺の記録は、二十七回」

水切りについて和彦が知っているのは、二〇〇四年にフランスの研究チームが科学雑誌ネイチャーに発表した実験だった。石がもっとも水を切って跳ねやすいのは、石と水面の角度が二十度であると結論している。それを知れば、健斗はもっと石を飛ばせるようになるだろう。記録を伸ばすところを見たいと思いながら答えた。

「いいよ、水切りに行こ」

健斗は即、道の端の低いガードレールをまたぎ、崖を駆《か》け下りようとする。

「ああ、だめだよ。この道を降りて川岸まで歩こう」

すでに崖の上に立っていた健斗は、不服そうにこちらを振り返った。

「なんだ、恐《こえ》ぇのかよ。だらしねぇな。転げ落ちたって、この高さじゃ大した事ねーよ。男は度胸」

和彦は首を横に振る。

「違う。崖の下を見てよ」

崖と川の間に広がる畑を指差した。

「あそこに植わってるのは小麦だ。小麦には、土壌伝染性のウィルス病がある。Ｐｏｌｙｍｙｘａ　ｇｒａｍｉｎｉｓっていう菌が麦の根に寄生して起こる病気で、名前は小麦縞《こむぎしま》萎縮《いしゅく》病。小林君の靴の底に付いている土の中に、その菌がいるかもしれない。小麦畑の土壌を汚染から守るために、やたらに踏みこんじゃいけないんだ」

健斗はしかたなさそうにガードレールをまたぎ、道路に戻ってくる。

「小塚さぁ、なんでそんな色んな事、詳しいわけ」

ちょっと考えてから答えた。

「好きだから、かな」

健斗の目の奥で、何かが大きく揺らぐ。目を見開いて立ちつくす健斗に、和彦は困惑した。どう対応していいのかわからない。困っていると、やがて健斗の手が伸び、首に巻き付いて乱暴に引き寄せられた。

「偉ぶらないおまえが、マジ気に入った」

強く頭をこすられて閉口する。和彦は、同級生たちの手荒さが苦手だった。タックルまがいの悪ふざけも、親密さを示そうとしてのパフォーマンスだとわかっていても、好きになれない。体が荒々しく扱われると、心も荒立ち、落ち着きを失ってしまう。自分自身を見失いそうになるのだった。

「そんじゃ行こ」

健斗の腕から解放され、ほっとしながら一緒に坂を降りる。降《くだ》り切った所で竹林が切れ、一気に強い陽射《ひざ》しが降ってきた。目の前に観光案内板が立っており、このあたりの観光名所が表示されている。何気なく見ていて、中に書かれた地名に目を引かれた。

街のほぼ中央部を突っ切って南に下っている西国街道という道があり、それに沿って並んでいる史跡の中に、島坂という場所がある。健斗のナイフの鞘《さや》に刻まれていた苗字《みょうじ》と同じだった。

和彦の記憶によれば、西国街道は京都駅の西南西にある東寺から、摂津の西宮《にしのみや》に通じる古い街道である。豊臣秀吉が朝鮮出兵に当たって整備したといわれていた。案内板では、島坂は「古今和歌集」を編纂《へんさん》した紀貫之《きのつらゆき》の書いた「土佐日記」に出てくる土地名であり、そのあたりに島坂と名乗る豪族が住んでいたと説明されていた。

「この島坂って、小林君の曾御祖父《ひいおじい》さんの苗字と同じだよね」

健斗も興味深そうに案内板を見つめる。

「俺の曾祖父《ひいじい》って、このあたりの出なのかな。聞いてねーけど、祖母《ばあ》さんには確かに関西訛《なま》りがあるよ。時々出る。もしここの豪族の血だったら、超カッコいいよな」

そうだとすれば、神隠しも、この土地で起こったのかもしれなかった。

「神隠しって、いつ頃の出来事なの」

健斗は考えこんだ。

「祖母さんが五歳の時っていうから、今の年齢を考えれば、戦後すぐだ」

和彦は、頭が疑問符でいっぱいになる。

「でも、あのナイフ、アメリカ製だったよ。Made in USAって書いてあったもの。戦争中、アメリカは敵国だったし、戦後は占領国だろ。そのアメリカのナイフなんて、当時なかなか手に入らなかったと思うけど」

健斗は、何でもないといったように眉を上げた。

「じゃ戦争が始まる前に買ったんじゃねーの。神戸あたりでさ。この西国街道をずっと行けば西宮だろ。神戸はすぐその先だし」

そういう事もあり得るかもしれなかった。

「さ、水切りに行こう」

川岸に向かって二人で歩く。道を降り切ったあたりで、突然、耳にわずかな振動が入りこんだ。羽音だと思いながら目を上げると、空を横切って飛んでいく蜂が見える。大きさと形からして間違いなく雀蜂《すずめばち》だったが、褄赤《つまあか》かどうかまではわからなかった。とっさに和彦は、背負っていたナップザックの肩紐《かたひも》を摑《つか》んで肩から外す。

「僕、追いかけて巣を突き止める。荷物お願い」

生態調査のために雀蜂を捕獲する時には、事前準備が必要だった。まず数人でチームを組み、防護服を手配したり、木の枝を手頃な長さに切って先を尖らせたり、蛙《かえる》を捕まえたり、蜂のサイズの十倍前後の真綿を用意してその先を糸状に撚《よ》ったりする。木に突き刺した蛙の肉を餌《えさ》に使って呼び寄せ、蜂が肉を切り取っている間に、防護服を着た人間が蜂の足に真綿の撚った部分を素早く結び付ける。それで準備が完了だった。飛び立つ蜂に付いている白い真綿はよく目立ち、数人でいっせいに追いかけていけば、そのうちの一人や二人は必ず巣にたどり着ける。

だが今、そんな余裕はなかった。大気の中を飛ぶ蜂は、黒い芥子粒《けしつぶ》さながらで、一瞬でも視線を逸《そ》らせば見失う。和彦は目を凝らし、ひたすら追うしかなかった。蜂は空中高く舞い上がり、一点になったかと思うと、その脚の繊毛が見えるほど低く降りてきて和彦のそばを旋回する。和彦は自分の足元を見る余裕もなく、いつの間にか川原から川の中に踏みこんだ。蜂は構わず先へ先へと飛んでいく。川を渡るのだろうか、それとも水を飲むだけか。後ろから健斗の声が聞こえた。

「そっち、流れきついいんじゃねーの。ヤバ、小塚、ヤバイって」

足の下で石が動き、足が滑《すべ》る。和彦は、斜めに水に突っこんだ。飛び散る飛沫《しぶき》の中で、川底に沈んでいた木の根に肩をぶつける。あわてて顔を上げた時には、蜂の姿はもうどこにもなかった。

「ああ見失った」

くやしまぎれに両手を水面に叩《たた》きつける。瞬間またも足が滑った。今度は尻餅をつく。健斗の笑い声を聞きながら首あたりまで水に浸《つ》かっていると、その目の前を、またしても雀蜂が通り過ぎていった。蜂の道がある。つまり巣が近いのだった。和彦は勇んで立ち上がり、そのまま石のように立ちつくして次の蜂が来るのを待った。

「おい、どうした。どっか痛めたのか」
五、六分で、蜂がやって来る。和彦の頭をかすめ、川の上をしばし飛んで向こう岸に行きそうな様子を見せながら、健斗のいる岸へと戻ってきた。頭部が蜜柑《みかん》色で、背中に黄色の縞《しま》がある。攻撃性の強い黄色雀蜂だった。北北東に向かっていく。和彦は立ち上がり、川の中を歩いて岸辺に引き上げた。シャツとズボンを脱ぎ、絞《しぼ》り上げると、また身に着ける。
黄色雀蜂は、五月頃には家の屋根裏や、木の洞《うろ》の中などに巣を作る。そこで繁殖し、大所帯になると、夏には家の軒下など、非常に目立つ場所に移動するのだった。方向さえつかんでおけば、捜せばすぐに見つかる。

「僕、巣を見つけてくる。明るいうちに確認しておきたいんだ」

棲赤ではなかったが、もしどこかの家や公共施設に巣を作っているとしたら、すぐ駆除しないと危険だった。

「ごめんね、水切りに付き合えなくって」

健斗は、しかたなさそうに肩をすくめた。

「いいよ、元々、本命は雀蜂だったんだから。俺も行く」

二人で川沿いの坂道を上る。照りつける太陽がアスファルトを焼き、和彦の濡《ぬ》れた衣服からは蒸気が立ち上らんばかりだった。右手に続いていた畑は、坂道が終わった所で宅地へと変わり、民家が軒を並べ始める。

「さっき脱いだ時、内出血してたぜ、肩」

健斗に言われて、和彦は一瞬、自分の肩に目をやった。

「平気。そのうち吸収するよ」

並ぶ家々の軒下や、庭の木々の枝先を隈《くま》なく見て回る。健斗が退屈そうな溜《た》め息をついた。

「おまえのその情熱、どっから来んだ」

思わず足を止めたのは、巣を見つけたからだった。

「あそこだ」

道に面した一軒の家の軒下に、丸い巣がぶら下がっていた。

「お、初めて見た」

実物を前にし、健斗はようやく退屈から解放されたようで、見惚《みと》れながら和彦に片手を出す。

「おまえのスマホ貸して。撮っとく」

和彦はナップザックのポケットからスマートフォンを出し、渡しながら首を傾《かし》げた。

「でも変だな。さっき十五分くらいの間に三匹も通ってた割には、巣が小さすぎる。もしかして空《から》かもしれない」

空だとすれば、先ほどの蜂はどこにいるのかという問題が出てくる。和彦は、あたりを見回したが、他に巣らしきものはなかった。だが雀蜂は、確かにいたのだ。どこに巣を作っているのかを確かめなければならない。道の端に腰をおろし、川沿いに設置されている柵に背中をもたせかけた。空を仰ぎ、次の蜂が来るのを待つ。

健斗がやってきて、隣に座りこんだ。

「おい、今度は何だ」

和彦の答に、やってられないといったように首を振る。

「蜂待ち」

誰もが自然界に興味を持っている訳ではなかった。和彦は頷《うなず》き、健斗の始めたゲームの音を聞きながら空を見上げる。

「俺、このスマホでゲームしてていいか」

青く見えるが、空に青い色素が存在している訳ではない。ただ波長の短い青い光が拡散されているだけだった。海や湖の青もそうで、考えれば、自然界における青というのは不思議な色だった。ごく身近にあるのに実体がない。和彦は、青の神秘の中に惹《ひ》きこまれる。空のはるか彼方《かなた》や、深い海の中にある青に思いを巡らせていると、いきなり目の前に黒い一点が現れた。

「来た」

静かに腰を上げ、神経を集中して蜂を追う。隣であわてて立ち上がりかけた健斗を、手で押さえた。

「静かにね」

蜂は真《ま》っ直《す》ぐ巣に近づき、その脇を通過して建物と建物の間を奥へと入っていく。後を追いたかったが、私有地だった。無念に思いながら立ちつくしていると、その空間から他の蜂が二匹、舞い出てきた。やはり最初に見つけたあの巣は空で、奥にもう一つ新しい巣があるのに違いない。それにしても、これほど近くになぜ二つ目の巣を作ったのかが謎だった。空の巣を調べてみれば、何かわかるかもしれない。

和彦は玄関に回り、その家のドアフォンを押す。南橋《みなみはし》という表札を見ながら待っていると、しばらく経《た》って無愛想な女性の声がした。

「何どす」

名前と年齢、学校名を名乗り、雀蜂の採集をしているのだが、この家に巣があるのを見つけたので取らせてほしいと申し出る。返事はなく、しばらくして玄関が開き、着物姿の老女が姿を見せた。

「何の蜂かはわからへんが、巣があんのは知っとるさかいな。せやけど、ありゃ空やし、どうって事あらへんわ。ようけな事言うとらんと、帰りぃな。はい、さいなら」

中に入っていこうとするのを呼び止め、通路を指差して奥にもう一つ新しい巣があるはずだと話す。老女は、はっとしたような顔になった。

「この奥は、物置どす。もう使《つこ》うとらんさかい、誰も入らへんし。ほんなら、そこに巣ぅ作られたんかいな。やぁ、かなわんわぁ」

顔をしかめ、しばし考えている様子だったが、やがて上目づかいに和彦を見る。

「あんた、子供やないの。巣ぅ取る言うたかて、できへんとちゃうの。まさかとは思うけんど、お金取りはるようなこと、あらへんやろな」

和彦は、しっかりと否定した。

「いえ取りません。その巣をほしいだけです」

老女はほっとしたように笑った。

「ほんなら、取らしてやってもよろし。やっとくれやす。ささ早《は》よう早よう、こっちゃ入ってや」

さっきまでの愛想のなさをかなぐり捨て、家の中に招く。その現金さに、和彦は苦笑して玄関を入った。

「まず場所だけ見せてください」

家の中を通り裏庭に面した縁側に出る。物置は、庭の隅にあった。沓脱石《くつぬぎいし》の上に置かれているサンダルを借り、そっとそばに寄る。先ほど蜂が入っていった物置の脇をのぞきこむと、軒下にかなり大きな巣があった。いく匹かの蜂が表面を歩きまわっている。

「ああ、ここですね」

下駄《げた》を突っかけてそばに寄ってこようとする老女を、あわてて止めた。

「蜂を刺激しますから、近寄らないで。このままそっとしておいてください。準備をして、今夜来ます。蜂が寝静まってからの方がやりやすいので。空の巣の方だけ、取らせてください」

家の表に回り、ナップザックからラテックスの手袋とカッターを出す。先ほど没収されたのだが、警備室に外出を申し出て、一時的に返してもらった。エピペンもである。

脚立を借りて巣の近くまで上ると、中に蜂がいないのを確かめてからカッターで軒下から切り離した。中は、やはり空である。ナップザックからビニール袋を出し、巣を中に入れて手袋を取った。

「では、また伺います。あ、夜になりますから、伺う前には電話を入れます。番号を教えてください」

老女と別れて家を出る。先ほどまで突き刺さるようだった陽射しは、いく分激しさを失っていた。背中で、蜂の巣を入れたナップザックが揺れる。巣を分析すれば、なぜ捨てられたのかを突き止める事ができるだろう。ひょっとして黄色雀蜂の新しい生態を発見できるかもしれなかった。和彦は満足の笑みを浮かべる。棲赤雀蜂にはめぐり会えなかったが、放棄された巣を手に入れられたのは、それと同じくらい意義のある事だった。

「小塚さぁ、すげぇうれしそうだけど、何でだよ」

理解できないといったような健斗に、和彦は笑みを向ける。

「今までわからなかったものが、わかるかもしれないって考えると楽しみなんだ」

健斗は一瞬、足を止めた。それを見て和彦も立ち止まる。

「どうかしたの」

健斗は、片手でうるさそうに髪を掻《か》き上げ、再び歩き出した。

「おまえ、いいよな。知識持ってて、好きなことに驀地《まっしぐら》で、前向きで柔軟でさ。おまえ見てると、自分がどれだけ固まっちまってるか、よくわかるよ」

和彦は眉根を寄せる。

「固まってるって、どういうこと」

歩き出しながら健斗は、空を見た。

「過去に囚《とら》われて、」

まぶしそうに目を細める。

「未来、捨ててるって事」

自分の身に起こった不幸な事件について話しているのだろうか。

「わかってんだけど、動けねぇんだ」

ここに来る車の中では、引きずっている様子はなかった。別の事かもしれない。どちらにしても何と答えていいのかわからず口を噤《つぐ》んだまま、ただ歩く。

「夜、またここに来んの、蜂取りに」

気怠《けだる》げに聞かれて、頷きながら思い出した、水切りをまだしていなかったと。

「よかったら、これから水切りに行こうか」

健斗は、驚いたようにこちらを見る。

「いいのか。おまえ、怪我《けが》してっだろ。濡れてるしさ」

どちらも問題のない範囲だった。

「構わないよ。水切りって、僕やったことないけど、どうやったら飛ぶのかは知ってるんだ。小林君の記録更新に役立てるかもしれない。新記録を立ててお父さんに報告したら、きっと喜んでくれると思うよ」

健斗の顔が、一気に明るくなった。

「おし、やってやる」

2

和典は、館内電話のリストを見て、ゲストリレーションズに電話をかける。

「すみません、友達の部屋にスマホを置き忘れたんですが、どうも出かけてしまったみたいで部屋に入れないんです。急いで使いたいので、部屋の鍵を開けてもらえませんか」

玄関で手荷物検査をしていた若い男性の一人がやってきて、マスターキーでドアを開けてくれた。

「すぐ見つけてきますから、ここでちょっと待っててください」

部屋に入りこみ、内部を見まわす。健斗は荷物を持ってきておらず、部屋はセッティングされたままの状態だった。一見して和典は、自分の捜し物がないと知る。

「あれ、ないな」

廊下に立っている男性に聞こえるように言いながら、ナイトテーブルやチェストの引き出しの中を捜す。地下茎はなかった。和典はうれしくなる。健斗の仕業ではないかもしれない。

「あ、洗面所か、トイレだったかも」

まず洗面所のドアを開ける。一歩踏みこんだとたん、水が張られた洗面台のシンクの中に沈んでいる地下茎を見つけた。胸に冷たいものを押し当てられた気分で摑《つか》み上げ、ティッシュで水を拭《ぬぐ》ってポケットに捩《ね》じこむ。一応トイレの戸を開け、音をさせた。

「おっかしいなぁ」

そう言いながら廊下に出る。

「ありませんでした。しかたないので、本人が帰ってくるまで待ちます。お手数をおかけしてすみませんでした」

男性と別れて自分の部屋に戻り、閉めたドアに寄りかかって大きな息をついた。ポケットから地下茎を出し、ダストボックスに放りこむ。これだけの量があったら、いったい何人殺せるのだろう。健斗の目の中の芯、挑みかかるようだったその微笑を思い浮かべる。

ここに来たのは、金持ちの養子になるためだろう。まだ養子縁組もしてないのに、殺してどうするんだ。一円の金も手に入らないぜ。それがわからないはずないだろ。

苛立《いらだ》ちながら考える。車内で健斗は、自分の金に関心を持っていなかった。ではやはり黒木の言う通り暴力的社会革命、テロを起こす気か。財閥創業家の別荘を舞台に、大手企業グループの役員を一人残らず殺害し、日本の資本主義に血の洗礼を与えるつもりなのか。

白を基調に造られたこの洋館が、流れる鮮血で染まっていく様子を想像する。身が震えた。同時に、それを一本のナイフでするのは不可能だとも思う。コンビニかスーパーで買い足すつもりだったのだろうか。だが刃物を持ちこめないとわかって、作戦の変更を迫られた。今度は毒殺か。

憶測だけが膨らみ、一人歩きしていく。和典は頭を振り、妄想を払いのけた。健斗を問い質《ただ》し、返事を捥《も》ぎ取りたい。だが答えるはずもなかった。車の中でも話を臭わせながら、結局はぐらかしていたのだ。どうする。

この部屋に帰ってくれれば、すぐ地下茎が消えていると気づくだろう。ゲストリレーションズに問い合わせれば、誰が持ち出したかは簡単にわかる。その後はどうなる。和典を敵と見て、排除にかかるかもしれなかった。健斗の体は高校生並みだ。

「ガチでやったら、負ける自信がある、マジで。黒木ならタイ張れるかもしんないけど、俺には無理」

かといって説得するだけの能力が自分にあるとも思えなかった。和典の語彙は少なく、気持ちを言葉で表現することが苦手で、国語の成績は悲惨な状態にある。拙《つたな》い言葉で感情をぶつければ、結局は対立し、腕力勝負になるだろう。

「くっそ、どうするよ」

両手で髪を掻《か》き上げていて、ふと思いつく。目的がはっきりしないから、対策の立てようがないのだ。本人から聞き出せないとなれば、身辺を探るしかない。今、健斗が住んでいる家を訪ねてみようか。同居の祖母から話を聞けるだろうし、心情がわかりそうなものが一つくらいは発見できるかもしれない。

新幹線を使えば、東京までは二時間二十分だった。スマートフォンで時刻表を検索しながら、はっとする、金あるのか。あわてて財布を開き、小銭入れまでのぞきこんで、往復くらいは何とかなる事を確かめた。よし、黒木が戻ってきたら話を聞いて、その後すぐ出よう。親睦会はパスだ。

和典は、ナイトテーブルに嵌《は》めこまれたデジタル時計に目をやる。黒木と別れてからの時間を考えれば、もう帰ってきてもいい頃だった。

「順番待ちの集団検診じゃあるまいし、黒木一人を診るのに、いったいいつまでかかってんだ」

怠《だる》そうなノックの音が響く。立ち上がって出入り口に寄り、ドアスコープからのぞくと、黒木の顔が見えた。

「随分、時間かかったんだな」

ノブを回すなり、黒木はまだ開きかけのドアを体で押すようにして入ってくる。無言のままベッドに向かい、そこに体を投げ出して天井を仰いだ。片腕で両目を覆《おお》い、もう一方の手に丸めて持っていたA4の冊子をこちらに差し出す。見ろと言いたいらしい。その腕の静脈に、注射針の跡がいくつも付いているのを見ながら手に取る。

表紙には年号から今日の時間までが入り、問診票と書かれていた。ページをめくれば、よく病院で聞かれるような質問が並んでいる。

「何の検査だったんだ」

しばらくの沈黙のあと、重い声が聞こえた。

「全部。体の隅々から心の奥底まで。女性一人を含む医師六人のチームだ。その連中がずらっと並んで座っていて、俺はその前で、問診票に対して一つ一つ答えていく。五ページ目の三問目、見てみろよ。笑えるぜ」

和典は五ページを開き、その三に視線を走らせる。こう書かれていた。射精の時には、いつもどんなシーンをイメージしているか。

「何で、こんなことまで、」

驚きと怒りで声が掠《かす》れ、その先を続けられない。中学男子にとって、それはもっとも隠しておきたい事の一つであり、プライベート中のプライベートだった。それを六人もの人間の前で言わされるとは。冷や汗が滲《にじ》む思いで和典は、その時の黒木の気持ちに思いを馳《は》せる。きつすぎだろ。

「その三は、警察の依頼を受けた精神鑑定医が性犯罪者に対してする質問だ」

そう言いながら黒木は、反動も付けずにベッドの上に身を起こした。

「俺の返事は、こうだよ。あなたたち六人を、一気にぶっ殺すシーンをイメージします」

浮かべた笑いは浅く、乾いていた。強い敵意の奥に、深い傷口が見えている。和典は、何と言ってやればいいのかわからなかった。息を呑《の》んで顔をそむける。残酷すぎる質問が、この他にも多数あるのだろう。

「俺は安全性が検証されていない、未知の生命体なんだ。いつどこで、どう暴走し、どんな変化を遂げるかわからないから、あらゆる可能性を視野に入れて厳重に管理しないといけない。なぜって、秘《ひそ》かにゲノム編集されてるから」

頭を殴られたような気がした。ゲノム編集は、細胞内の遺伝情報を書き替え、変化させる技術だった。アメリカ科学アカデミーでは、今のところ遺伝子異常がはっきりしている病気や障害以外に利用することを禁じている。思わず黒木に向き直った。

「ＣＲＩＳＰＲ《クリスパー》／Ｃａｓ９《キャスナイン》か」

自分の知識が現実の形を取っていることに驚きながら、黒木を見つめる。

「おまえがか。もしかしてデザイナーベビーなのか。マジかよ」

ＣＲＩＳＰＲ／Ｃａｓ９は、ゲノム編集のもっとも新しいやり方だった。ＲＮＡ分子とＣａｓ９酵素を人間の細胞内に入れるだけで、遺伝情報を簡単に書き替えることができる。受精卵にも使えるため、子供の外見や能力を自由に操作する事ができ、デザイナーベビーとして倫理的な問題になっていた。もちろん危険性についての検証は、まだなされていない。

「いや待て、あれは確か二〇一一年に解析され、翌年にゲノム編集に応用できることがはっきりしたんじゃなかったっけ。確かドイツのマックス・プランク感染生物学研究所の女性博士の報告だ」

黒木は口角を下げる。

「彼女は微生物学や遺伝学の畑から入って、そっちの技術をゲノム編集に持ちこんだ人物だ。本道のゲノム編集からは、少し離れている。ゲノム編集自体は、一九九六年に技術が確立した。最近では中国で、肺癌《はいがん》治療の臨床研究が進められている。三住研究所では、早い時期から実験を繰り返してきて、そしてシャーレの中で俺が作られた。実験の一つとして」

押し付けるような声には、大きな空洞でも抱えているかのような虚《うつ》ろな響きが籠《こも》っていた。

「年に二度の検査のたびに、体のあらゆる所にカメラが入りこんできて、俺のデータを取っていく。自分が細胞にまで分解され、人間じゃないものになっていく気がするよ。俺の心、俺の体、すべてのデータをチーム全員が共有してる。俺は皆に把握され、研究されているんだ。この管理は一生続く。生きてる限り、だ。三住にとって、俺は大金を投入した研究プロジェクト、そしていつかはそれを売るための商品見本なんだ。就職すれば、それもデータになって分析されるし、結婚したらその相手も管理下に入る。子供も同様だ。染色体から始まってすべてを検査され、記録され、保管される。飼われているようなもんだよ。俺は絶対に就職しない。自分が熱を持って真剣に取り組みたいと思っている仕事が何なのか、自分の人生を何に注ぎこみたいと思っているのか、分析されたくない。結婚もしない。愛した女性や自分の子供を、この状態に巻きこみたくない。仕事にもつかず家庭も持たず、生涯一人でこのままでいる。だったら、俺の未来には何があるんだ。何もないよ。俺に未来なんかない」

絶望のあまりの深さに、かける言葉がなかった。和典はベッドに歩み寄り、腕を伸ばして黒木の頭をかき抱く。

「泣いていいよ」

胸に触れるその体が震えるのを感じながら思った、黒木が何に対しても真剣にならず、もちろん勉強もせず、能力があるのに惜しいと言われても冷笑し、本気を見せた事がない理由がよくわかったと。

「俺、おまえに、何をしてやれる」

どんな答も、声さえも聞こえなかった。Tシャツの胸が静かに濡《ぬ》れ、冷たくなっていく。黒木の体と心に閉じこめられていた怒りや悲しみや恨みが流れ出してくるのを感じながら、和典は黒木を抱いていた。

今年、急にここに誘ったのは、聞きたかったからかもしれない。毎年こういう屈辱に耐えて、生きていく人生に意義があるのかどうかを。黒木は死んでも構わないほどに、自分の生に疑いを持っているのだ。その絶望に向かって、和典は自分の気持ちを訴えた。

「おまえがいてくれて、うれしかったこと、俺たくさんあったよ。おまえのこと好きだし。これからも友達でいたい」

黒木のSOSをキャッチした時には、必ず何とかすると決意していた。だが今、和典にできるのは、こうして抱いている事だけだった。自分の無力さに歯ぎしりしながら、黒木の体を包むように抱く。慰《なぐさ》め、癒やし、助けたいと思いながら、ただ抱いていた。

3

本音を言い合った後は、どうしていいのかわからないほど気恥ずかしかった。真面《まとも》に顔も見られず、目も合わせられない。

「じゃ十七時に、一階のサロンで」

黒木も同様だったらしく、そそくさと自分の部屋に戻っていった。そのドアの閉まる音を聞いて、和典はようやくほっとし、自分がしなければならない事を思い出す。

急いで財布をポケットに入れ、スマートフォンを摑《つか》み上げた。だが、今出かけて大丈夫なのだろうか。小塚や健斗は、黒木の事情を知らない。親睦会のメンバーの中には、それを知っている者もいるに違いなく、挨拶《あいさつ》をするだけにしても会場でどんな言葉が飛ぶか予想がつかなかった。その時にすぐフォローできるのは、和典だけなのだ。そばに付いていた方がよくないか。

そう思いながら迷う。健斗が帰ってくれれば、地下茎が無くなっている事に気づくだろう。ひと悶着《もんちゃく》起きれば、東京に出発できなくなる。手の中でスマートフォンが鳴り出した。

「僕だよ」

荒い息とともに、小塚の声が聞こえる。

「今、超特急でそっちに向かってるけど、ちょっと遅れるかも」

願ってもないタイミングだった。

「遅れずに来い。健斗は、真っ直《まっす》ぐ俺の部屋に来させろよ。着替え用意して待ってるからって」

着替えさせた健斗を、そのまま親睦会に連れ出してしまえば、地下茎が消えている事に気づくのは部屋に帰ってからになる。その頃には、和典は新幹線の中だった。にんまりしながら片手を握りしめる。黒木に付き合う時間、ゲット。

スマートフォンのタイマーを十七時十五分前にセットし、簡単にシャワーを浴びた。バスローブを引っかけ、冷蔵庫からゲロルシュタイナーを出す。飲みながら窓を開け、十m^2ほどもありそうなバルコニーに出た。

真夏の太陽は、依然として輝きを失っていない。夜はまだやってきそうもなかった。眼下に広がる芝生の庭の中央には大きな噴水盤がある。高々と上がる水飛沫《しぶき》に向かっていくつものライトがエメラルドの光を投げかけていた。

洋式庭園の向こうは一mほど高くなっており、その上に和式庭園が広がっている。木々の間に燈籠《とうろう》や太鼓橋が見え、小さな赤い屋根があった。和典は部屋に戻り、バックパックのポケットから三角定規を出す。赤い屋根のサイズを測り、目算で距離を出して実物サイズを想定した。横幅は、五十㎝もない。何かを祀《まつ》った祠《ほこら》かもしれなかった。

部屋からアラームが聞こえ出す。急いで中に入り、髪にドライヤーをかけた。バックパックを開き、自分のジャケットを出しながら健斗の分がない事に気づく。失敗したと思ったが、今さらどうしようもなかった。健斗一人をTシャツ姿で参加させる訳にもいかない。黒木の怒りを覚悟の上で、二人でTシャツで行くことにした。健斗が着られそうなビッグサイズの上下を選び、ベッドカバーの上に並べる。間もなくノックが響いた。

「俺」

親睦会が始まるまで、あと五分しかない。

「先にシャワー浴びて」

そう言いながらドアを開け、そこに立っていた健斗の顔の和やかさに驚いた。まるで毒が抜けたかのように見える。訝《いぶか》りながらシャワーブースに追いこんだ。

「一分で出ろよ」

出てきた健斗にバスタオルを放り投げる。本人が拭いている間に、ベッドに置いてあった上下を摑んで近寄った。

「さっさと着るんだ。行くぞ」

拭《ぬぐ》いきれなかった滴《しずく》が、服に点々と染み出すのを見ながら健斗を連れ出す。二人で廊下を歩き、階段を降りた。こいつ、なんでこんなにいい顔なんだ。

「楽しかったのか」

尋ねると、健斗は素直に頷《うなず》いた。

「小塚って、マジいい奴《やつ》だよな」

意外だったが、無法者健斗はオタク小塚を気に入ったらしい。

「親睦会で挨拶が終わったら、一緒に雀蜂《すずめばち》の巣を取りに行く約束したんだ」

気楽な口調は、計画をカモフラージュするためか。だが健斗の手元には、凶器になるようなナイフも地下茎もないのだ。どんな暴挙にも出られないはずだった。

「おまえさぁ、養子になりたいんだったら、親睦会にずっと貼りついてて、メンバーに顔売っといた方がよくね」

そう言いながら様子を窺《うかが》う。健斗は取り繕うように笑った。

「あ、そうか。でも今夜はもう約束しちまったしさ。明日、接触するよ」

少しの熱も感じられない。養子の口を見つける気は、おそらくないのだろう。ここに来たのは、黒木の危惧通り、殺戮《さつりく》のためなのだ。

「俺、水切りの記録、更新した。すげぇだろ」

昔に戻ったかのように素直で無邪気な言い方だった。本当に戻ってくれたなら、どれほどいいだろう。そう思いながら階段の最終段を降り、ロビーに立った。

そこに案内役の男性が立っていて、白い手袋をはめた手でホールの正面奥にあるドアを示す。そのドアの前にも男性が立っており、和典たちが近づくと開けてくれた。

中はウェイティングルームで、部屋の壁に沿ってスツールが並べられ、三つの丸テーブルの上にはカナッペやチーズ、飲み物が置かれていた。既に到着した男性たちがいくつかのグループに分かれ、グラスや葉巻を手に話をしている。

「日建連会長の後任人事、聞いたか。事実上、大手ゼネコン三社の持ち回りだから、次は東成建設の山鹿さんだろ。ところが山鹿さんは、経団連副会長のポストを狙ってるんだってさ。総理の外遊に同行するほど官邸との距離が近いから、いけるんじゃないかって言われてる。で会長職は、自分の次の順番である清田建設の宮川さんに譲《ゆず》る気らしい。ところが宮川さんは、ずっと前から経団連副会長になりたくて色んな手を打ってきてるんだって。二人の対決を御覧《ごろう》じろ、だ」

いずれも四、五十代の男性だった。入ってきた和典たちに気づき、一瞬、視線を流すものの、すぐにまた会話に戻っていく。黒木からは、参加者は家族や知人を同伴できると聞いていたが、女性や子供の姿はなかった。

「お、うまそうじゃん」

餌に誘われる健斗の後についていき、テーブルからジンジャーエールのグラスを取り上げる。そばにはカナッペや色々なオードブルが並び、銀色の地に金の花模様をあしらったテーブルフォークが置かれていた。スモークサーモンかブルーチーズか迷ってから、フォークを取り上げてチーズの端を切り取る。味わいながら健斗に耳打ちした。

「俺は情勢視察だ。声をかけるなよ。小塚たちが来たら、相手しといて」

健斗が頷くのを確認し、グラスを持って、ひと際声高に話しているグループのそばに移動する。その男性たちに背を向け、視界に健斗の姿を捉《とら》えられるスツールに腰を下ろした。テーブルフォークでも武器にならない訳ではない。健斗があの地下茎を使うつもりなら、今動く事はないだろうが、とりあえず目を離さない方がよさそうだった。

「来月の中間決算、商社の方は上方修正だ。昨年は資源安で初の赤字転落だったが、原油や石炭の価格上昇で資源部門が回復しつつある。養殖部門は依然として好調だしね。このままいけば、V字回復に近い。大手コンビニを子会社化する方針も打ち出してるし」

「資源関連は変動が大きい。安定収入があるコンビニを子会社化するのは、良策だ」

「ドローン事業にも参入するみたいだよ。上空から農業や建設作業の効率化を図るって。二年後に黒字化、数年内に三百億の売り上げを目指すらしい。現場の鼻息、相当荒いよ」

「銀行も、悪くないね。フィンテック関連のベンチャー企業育成がうまくいってるみたいだ。丸の内の自社ビルに誘致したベンチャーは、四十社を突破した。メガバンクがフィンテックに乗り出すのは世界的な傾向だけど、日本じゃ初だからな。業界では注目だ。成功すれば、プロジェクトリーダーの塔野は、次、狙えるんじゃないかな」

「いいとこに目を付けたよな。うちのグループ内で、一番出世競争が苛烈《かれつ》なのは銀行だ。役員まで行けるのは、同期入社の一％弱だからな」

「メガバンクって、どこもそんなもんだよ。今日、あいつ来るんだろ。おめでとうって言ってやれよ」

「商社も銀行も順調、依然として厳しいのは、重工だけだね」

黒木の話を思い出す。三住グループの中核は、確か商社、重工、金融だった。

「重工の中でも、造船部門が致命的だ。二千四百億の損失が出てる。豪華客船なんて、もう時代に合わないんだよ。コンテナ船がインド洋で真っ二つに折れて沈没した事故の賠償問題も抱えてるし。防衛部門ではイージス艦の受注に失敗、オーストラリアの次期潜水艦の受注競争でもフランスに競り負け、開発中の国産ジェット機も既に五度の納入延期状態だ。核燃料部門は需要が落ちこんで他社との統合を強いられてる。いいのは、ブラジルで都市鉄道四路線を受注した事くらいかな。総事業費八千億円の大型プロジェクトだから、当面は息がつけるだろうけどさ」

健斗は、しきりに食べている。あたりの気配を窺う様子もなかった。

「アメリカで起こされてる裁判もでかいよ。原子力発電所に納入した蒸気発生器の故障で、七千億円の賠償請求だ。結果次第では、株価に影響が出る」

「今日、森山会長は、かなり創業家に絞られるんじゃないの」

「当然だろ。重工は、三住グループの重荷になるつもりかって言われるよ」

「解任も、ありうるね。取締役会《とりしまりやくかい》に載せる議題は全部、事前に創業家の許可を取るって話だし。役員連中は皆、創業家とは揉《も》めたくないって思ってるからな」

背後でドアの音がし、談笑が一気に静まる。振り向けば、いっせいにスツールから立ち上がった男性たちの向こうに、開いたドアから入ってくる数人が見えた。

先頭は、初老の男性である。中肉中背、白髪交じりの髪を七三に分け、縁なしの眼鏡をかけていた。遠目には無地のグレースーツに見えたが、近づくにつれて艶《つや》のあるハウスチェックとわかる。ネクタイは暗い臙脂《えんじ》色で、しなやかな生地を市松模様に織りこんであり、ブリティッシュトラッドのスーツと相まって気品が感じられた。

「村上さん、ご無沙汰しています。コンペでは、お世話になりました」

ウェイティングルームにいた男性たちが我先にと歩み寄り、その前に列を作る。声をかけては自己紹介し、握手を交わした。

「村上さん、お久しぶりです。クルーザーを新しくしました。ぜひまた」

男性たちの頭越しに、和典はその様子を見つめる。創業者の子孫で第十七代当主村上総、初めて見るその人物の全身から放たれる威厳に目を見張った。すぐそばで声がする。

「その恰好《かっこう》は、なんだ」

振り返れば、黒木が不機嫌そうな顔で立っていた。

「すぐ着替えてこい」

後ろには小塚もおり、二人ともダークな色合いのフォーマルだった。健斗が近寄ってくる。和典は、片手を立てて黒木を拝んだ。

「忘れたんだよ、許せ」

黒木は、どうしようもないといったような溜《た》め息をつく。それが、何となく癪《しゃく》に障《さわ》った。さっき泣いたくせに、バラすぞ馬鹿野郎。そう思ったとたん、後ろで声がした。

「おお、久しぶり」

振り向けば、周りや背後に男性たちを従えた村上総が、こちらを向いて立ち止まっていた。

「元気そうで何よりだ」

黒木に向かって両手を差し出す。言葉と裏腹に顔には表情がなく、黒木を見つめる眼鏡の奥の目も、まるでガラス玉が嵌《はま》っているかのようだった。

「君の養父は、相変わらず資産隠しに余念がないようだが」

右手のダブルカフスの袖口から、スケルトンの時計がのぞいている。ケースの側面に溝が刻まれ、針の先端に輪がついているところを見れば、ブレゲだろう。一千万は下らない。経済誌フォーブスの億万長者リストに名前の出る人物の時計に相応《ふさわ》しかった。

「感心せんね」

体の脇に下がったままだった黒木の右手を、強引に両手で摑み上げて握手をしながら口角を下げる。

「まぁ国税局でも、二〇一七年度の税制改正で五年ルールを見直して非居住者にも課税できるようにするらしいし、重点管理富裕層プロジェクトチームで国際戦略トータルプランを立ち上げて監視を強めるようだから、そろそろ文字通り、年貢の納め時だろう。そう言っといてくれ」

黒木は苦笑した。

「あなたが選んだのですから、直接おっしゃればいいかがですか」

半ば抗議するような眼差《まなざし》を、村上は受け流し、和典たちに視線を向ける。

「同じ中学の友人を連れてくると聞いていたが、彼らかね」

目が合っただけで、心の中まで押し入られた気がした。和典は緊張する。無表情だが強い精神力を感じさせる顔立ち、冷徹さを漂わせる据わった目、引き締まった口元だった。

「俺に、紹介してくれよ」

黒木は、近くにいた小塚の肩を抱き寄せる。同時に和典と健斗に、横に並べと顎《あご》で指示した。

「同級生の小塚、上杉、小林です」

村上は、まず小塚に顔を向ける。

「趣味は、何だね」

真っ直ぐに見つめられて、小塚は恥ずかしそうに目を伏せた。

「えっと色々です。動植物や昆虫が好きだし、生命の生態に興味があるので」

村上は、わずかに身じろぎする。黒のエナメルスリッポンの爪先がシャンデリアの光を反射し、濡《ぬ》れたように光った。

「君が好きだという生物や生命、それをサポートする再生医療に関心があるかね」

思ってもみない質問だったらしく、小塚は戸惑ったようだった。

「あまり詳しくないんですけど、ｉＰＳ細胞とかは面白いと思ってます」

村上は笑みを浮かべる。

「情報が古いな。それは発表からもう十年も経《た》ってるじゃないか。今、三住の研究所が進めている再生医療は、臓器を丸ごと作る臓器製造システムだ」

小塚は目を真ん丸にした。和典も、だった。

「ｉＰＳ細胞から作った臓器細胞と血管の細胞、それらを接着する細胞を混ぜ、体内に移植すると臓器として働くんだ。あるいは培養皿の上で臓器を作るという方法もある。すでに基礎研究の段階は終わり、実用化一歩手前だ」

信じられない様子の小塚を見て、村上は軽快な笑い声を立てながら和典に目を向ける。

「君の、得意科目は」

答えやすい質問で助かったと思いながら口を開いた。

「数学です」

村上は不思議そうな顔になる。

「ほう、数学のどこがいいんだ」

和典は自分の心に尋ね、自分で答を出した。

「常に一定で、どんな感情にも左右されず、世俗の権力に従わないところです」

数学は、他の学問とは違う。歴史を振り返れば、ほとんどの学問は権力者や独裁者に利用されてきた。科学や化学はもちろん哲学も、心理学も、史学も、神学も、文学も、天文学も、生物学や優生学も、医学や薬学も、芸術に属する音楽や絵画までも。だが数学だけは、誰も懐柔できず、数学は誰にも従わなかった。数学は、秘境に君臨する猛獣なのだ。孤高で美しい。

「たとえプーチンでもトランプでも習近平でも、数学が正しいと証明した定理を引っくり返す事はできない。そういう数学を身に付ける事で、自分が強くなれると思っています」

村上は苦笑する。いかにも子供の言いそうな事だと思っている様子だった。和典としては若干くやしかったが、相手は自分の五倍以上も生きている。しかたがないと思うしかなかった。

「数学は、ビジネス的に有望だ」

大手企業に関わっている人間がまず関心を持つのは、それが仕事として成り立つのかどうかなのだろう。

「キーチェーンの小型化も楕円曲線暗号があってこそだったし、ビッグデータ解析にもパーシステント・ホモロジーが必要不可欠だ。だが君が就職する時点ではどうかな。ああアクチュアリーという手があったか」

思わず舌を巻く。企業の象徴的存在として、村上の毎日は多忙だろう。その中で、これだけの知識を蓄えているのは、さすがだった。

アクチュアリーは、統計や確率を使って仕事上のリスク等を分析する専門職で、数学を生かせる仕事として注目を浴びている。主に保険畑で活躍しており、保険数理士とも呼ばれていた。京都大学大学院の理学研究科で、その専門教育を受けることができる。和典も、自分の将来の仕事として考えた事がない訳ではなかった。

「アクチュアリーとして働いている人間が身近にいなくて、イメージが掴めない状態です。ネットなんかでは、高度な数学を使う訳ではないから文系でもいけるって書いてあったりするので、余計迷います」

村上は口を引き結んでいたが、やがてきっぱりと言った。

「確か、今の明治生命の社長がアクチュアリー出身だと思った。うちにも何人かいるから、会ってみたらどうだね。君の時間がある時に、セッティングするように言っておこう」

思わぬところで、未来を照らす光を手に入れた気分だった。感謝しながら頭を下げる。

「ありがとうございます」

それを上げた時には、村上はもう健斗の前に移動していた。

「今、一番興味を持っているものは、何かね」

健斗は、躊躇《ためら》いもせずに答える。

「大金です、もしくは大金を持っている人」

その場に笑いが広がった。いかにも現代の中学生らしいと思ったのだろう。だが和典は、健斗がいきなり核心に触れたような気がした。息を呑《の》み、耳を尖《とが》らせる。

「ほう、なんでだ」

村上に聞かれて、健斗はあっけらかんと答えた。

「金持ちを尊敬しているからです。なぜなら金持ちは、社会に貢献するから」

その場の誰もが、曰《いわ》く言い難い表情になる。子供は甘いなという嗤《し》笑《しょう》と、自分が忘れてしまった純粋さへの憧《しょう》憬《けい》が、いくつもの顔の上で入り混じった。

それを見ている健斗の目に、凄《すご》味《み》のある笑みが浮かぶ。その奥には、ひどく曲がったもの、荒廃したものが潜んでいた。そこに人間ではない何か別の生き物がいるように感じて、和典は一瞬、体が震える。

「フォーブスの億万長者リストを見ました。日本人順位の八位、十一位、十三位は、三住グループの会長たちと頭取ですよね。ここにいらっしゃるんでしょう。ぜひ紹介してください。爪の垢《あか》をいただきたいんです」

またも笑い声が起こった。村上は後ろを振り返り、近くにいた三人を指す。

「商事の長友、銀行の大野、重工の森山だ」

健斗は、舐《な》めるように彼らを見まわした。

「皆さん、ここに泊まっているんですか」

三人の情報を収集しようとしている。和典はあわてて遮った。

「おい、そろそろ時間だぞ」

健斗の二の腕を摑み、村上に微《ほ》笑《ほ》《え》む。

「すみません、これから、昼間見つけた雀蜂の巣を駆除しに行くんです」

村上は、思いついたように首に手を当てた。

「雀蜂か。俺も刺されたことがあるよ、ゴルフ場でね」

再び話が始まるのを避けるために、和典は素早く村上に退出の挨拶をする。健斗の腕を摑んだまま出入り口に足を向けた。

「おい、蜂なんか後でいい。俺は、連中に気に入られたいんだ」

耳元で言われ、和典は健斗をにらむ。

「接触は、明日でいいって言ってなかったか」

健斗は目を剝《む》いた。

「そりゃ言ったけど、場合によりけりじゃん。決めつけんじゃねーよ。思いがけないチャンスだったのにブチ壊しやがって。俺、戻るからな」

和典の腕を振り切り、引き返そうとする健斗の前に、部屋から出てきた黒木が立ち塞《ふさ》がる。

「もう皆、奥のサロンに移動するところだ。ドアが閉じられて着席式の会食が始まる。俺らは挨拶だけって言ってあるから、数に入ってない」

舌打ちする健斗に、小塚がおずおずと声をかけた。

「蜂駆除に行こうよ、ね」

健斗は腹の虫が収まらないといった表情だった。

「俺ら、飯も食えねーのかよ」

黒木が眉を上げる。

「厨房《ちゅうぼう》に言って、何か作ってもらおう。頼んでから出かければ、蜂駆除から戻ってきて食べられる」

なお機嫌の直らない健斗から、和典は目を逸《そ》らせて階段に足をかけた。

「俺、飯いらね。ちょっと用事あっから部屋に籠る。絶対、邪魔すんなよ」

駆け上がって部屋に飛びこむ。パーカーを羽織り、ポケットに財布とスマートフォンを捩《ね》じこんでから、そっとドアを開けた。足音を忍ばせてホールまで行き、階段を降りようとして、階下に健斗と小塚が立っているのに気づく。

「帰ってきた時に預けたカッターとエピペンを返してもらわないと、出かけられないんだ。でも、預けた人が見当たらなくって」

「そんなん、なくてもいいんじゃね」

「だめだよ。巣を切り取れないから。別の係員に言ったら、捜してくれるって。ここで待機しててって言われたから、小林君、いてもらえるかな。その間に、僕は着替えて準備をしてくるから」

階段を上がってくる小塚を、柱の陰でやり過ごす。苛々《いらいら》しながら見下ろすものの、健斗は小塚に忠実で、いっこうに動く気配がなかった。やむなく部屋に戻り、ベランダに出る。暗闇を透かし、目積りで地上までの高さを測った。この程度なら飛び降りられると判断し、手摺《てす》りの上に乗る。身を躍《おど》らせようとしたとたん、闇の中から声が飛んできた。

「上杉先生」

目を向ければ、隣のベランダの手摺りに黒木が腰かけていた。片脚を曲げて胸に抱え、もう一方の脚を空中に伸ばして揺らせている。

「どこ行くの」

からかうような笑みを浮かべていたが、顔には拭いがたい暗さが広がっていた。ふと思う、今夜は黒木を一人にしない方がいいかもしれないと。

誰にでもきっと、一人でいてはいけない時がある。自分の存在意義を疑い、その疑問から抜け出せない時、誰かがそばにいて何かを話しかけ、気を散らせていないと、一人で何らかの結論を出してしまうだろう。そして本人自身も思ってみなかった方向に曲がる。健斗はきっとそうだったのだ。その時、和典は健斗を孤独の中に一人にしておいた。

「おまえと約束した自分の責任、果たしにいくんだ」

飛び降りて、何とか両脚で着地し、膝のバネでショックを吸収してから黒木を振り仰ぐ。

「暇だったら、来いよ」

第3章　我がKのために

1

「気になったのは」

闇を突いて走る新幹線の車内で、黒木が言った。

「金持ちは、社会に貢献するって台詞《せりふ》だ。そんな事決まっちゃいないから、あいつのオリジナルだろうけど、何を根拠にそう考えてるのか皆目《かいもく》わからない。それだけに不気味だね」

和典は、健斗の嘲笑《あざわら》うような笑みや屈折した禍々《まがまが》しい気配を思い出し、再び身震いする。

「小塚にメール打っとけよ、小林から目を離すなって」

窓ガラスに映った黒木の端正な顔に、通り過ぎていく沿線の街の灯が次々と重なった。

「見張らせるんだ」

和典は体を傾け、ズボンの後ろポケットからスマートフォンを出す。画面を払いながら、小塚の無垢《むく》な眼差《まなざし》を思い浮かべた。

「どう見張るのか具体的に言ってやんないと、小塚には通じないよ。人を疑わない質《たち》だから、見当がつかないと思う」

人間より動植物に接する時間が長い小塚の目は、世の中の毒に触れる機会が少ないのだった。俗悪に染まっていない分、察《さっ》しは悪い。

「さっきのおまえの話によれば、」

黒木が視線をこちらに流す。長い睫《まつげ》の影を受けた目が、車内の光を受けて青く光った。

「ナイフも地下茎も失った小林は今、凶器を持っていない。あいつにあるのは、これから駆除に行く雀蜂《すずめばち》だけだ」

その危険に、ようやく気づく。健斗を連れ出す事ばかり考えていて、そちらに思いが至らなかった。村上総は、過去に蜂に刺されている。二度目の蜂毒が体内に入れば、アナフィラキシーショックを起こす可能性があった。他の三人にしても、多くの蜂にいっせいに攻撃されれば、大量の毒が体内に入りこみ、血圧が低下、一時間も経《た》たずに死に至る。

「村上氏以下を一瞬で殺害するには、取ってきた蜂の巣を部屋に放りこむだけでいい。朝までには大量殺人のでき上がりだ」

それで役員たちの宿泊場所を聞き出そうとしたのだろう。小塚にメールを打ちながら、和典は奥歯を噛《か》みしめる。テロに何の意味がある、目的はなんだ。

「打った」

そう言うと、黒木は眉を上げた。

「見せろ」

和典は、画面を読み上げる。

「取った蜂の巣、および蜂を死守せよ。健斗に渡すな」

黒木は笑い出した。

「よく言えば簡単、明瞭。悪く言えば大雑把で、不親切だ。もっと細かな説明を付けた方がいいんじゃないのか。おまえ、国語の成績、悪いだろ」

ムッとしながらスマートフォンをポケットに差しこむ。うるさい、これで充分だ。

「お、返信だ」

着信音を聞きつけた黒木が、早く見ろと言わんばかりの目を向けてくる。再びスマートフォンを取り出すと、やはり小塚からだった。

「了解」

その二文字を見て、黒木に画面を突きつける。

「どうだ」

しかたなさそうな顔の黒木に、続くメールを読み上げた。

「こちらの状況を報告しとくよ。小林のナイフに刻まれてた島坂は、この市内の地名で、豪族の名前だったらしい。祖母に関西訛《なま》りがあるそうだから、その父親に当たる島坂もここの生まれかもしれない。つまり神隠し事件はここで起こった可能性があると思う」

黒木は、いつになく神妙な表情になった。

「なんか妙に話が絡《から》んできてるな。何だろ、この纏《まと》まり感」

同意しながらつぶやく。

「健斗の家に行ったら、それも含めて聞いてみようぜ。ある程度のことはわかるだろう」

東京駅で降り、階段を下《くだ》りかけた瞬間、足が縺《もつ》れた。黒木が出した腕に救われる。

「階段、苦手だよな」

見透かされたような気がしたが、軽く受け流しておいた。

「二時間二十分の立ちっ放しは、さすがにきついっしょ」

最近、遠近がはっきりしない時がある。目の手術をしてから一年以上が経っていた。もう一度、診てもらった方がいいのかもしれないが、悪くなっているとわかるのが恐ろしく、延ばし延ばしにしていた。

「帰りは、座れるかな」

「無理だろ」

「おい、マジか」

地下鉄と私鉄を乗り継ぎ、自分の街に戻る。疑惑を抱えた心に映る街並みは、それ以前とは違って見えた。

健斗の住む市営住宅は、駅の北側の、まだ再開発が進んでいない区域にある。和典たちは大通りを左に折れ、高架になっている線路の脇の道に出た。片側には居酒屋やラーメン屋、パチンコ屋がゴチャゴチャと並んでいる。バラストを敷き、有刺鉄線をめぐらした線路に沿って進んでいくと、前方に中央病院の古い門が見えた。昔の国立病院を民間に払い下げたもので、大きな建物がそのまま使われている。隣に公園があった。隅に置かれた電話ボックスの角を曲がる。

歩くにつれて思い出した、健斗と一緒に、足が痛くなるほどこのあたりを走り回った事や、大きな柏《かしわ》の木によじ登り、一緒に落ち、泣くのを我慢し合った事。

当時広く見えた道も公園も、驚くほど狭く、今もある柏の木は、さほど大きくなかった。これが現実だとすれば、当時は何を見ていたのだろう。それは子供だけに見える幻影だったのだろうか。健斗の言葉を口の中で繰り返す。

「俺の夢はヒーローだ。多くの人間を救って英雄と呼ばれ、死んだら伝説の男になるんだ」

和典が胸を打たれたその志も、子供だから抱ける夢に過ぎなかったのだろうか。それは潰《つぶ》れ、曲がり、腐敗して今の健斗の心に宿っている。

「どした、上杉」

和典は黙ったまま首を横に振った。答えたら、自分の無力さに涙ぐんでしまいそうだった。健斗を応援すると本人に約束し、自分の心にも誓っていたのに。

公園の裏側に、無愛想な感じのする四階建ての市営住宅がある。当時はセメント色だったが、今はクリーム色に塗り直されていた。南側にベランダが連なり、各家の出入り口に通じる階段は北側にある。それを二階まで上り、大林洋子と手書きされた紙の表札を確認してからドアフォンを押した。

「突然、すみません。上杉和典です。お忘れかもしれませんが、健斗君が幼稚園から小学校の時の友だちで」

ドアが開いた。

「まぁ懐《なつ》かしい」

健斗の祖母が顔を出す。

「何年ぶりかしらね。まぁまぁ大きくなって」

昔と同様、小柄だったが、和典の記憶よりもずっと老けこんでいた。娘と二人の孫たちを一気に失ったのだ。老けもするだろう。

「でも上杉君、健斗と一緒だったんじゃないの。上杉君と遊びに行くって言って出かけたんだけど」

怪訝《けげん》そうな祖母に、和典は微笑《ほほえ》んでみせた。

「もちろん一緒ですよ。健斗が、家に忘れ物をしたっていうんで、僕が代わりに取りにきたんです。本人は今、昆虫採集をしていて手が離せないので」

後ろで黒木が、ぶっと噴き出す。忌々《いまいま》しく思いながら足を伸ばし、黒木のウォーキングシューズを踏みつけた。

「そうなの。でも健斗の部屋には」

祖母は困ったように視線を落とす。

「私、入っちゃいけないって言われてるの。鍵もかかってるし」

昔の健斗は、部屋に鍵をかけるような質《たち》ではなかった。豪快で快活、開けっぴろげだったのだ。驚いたが、知っている振りをするしかなかった。

「ああ本人から鍵を預かってきてます。入ってもいいですか」

祖母が、ドアを大きく開ける。

「お邪魔します」

その脇を通り、家に上がりこんだ。廊下の左手に台所が広がり、正面右には二つの部屋が隣り合っている。背中で声がした。

「あの、健斗は、本当に大丈夫なんでしょうか」

不安げな言い方が気になり、振り返る。

「何か、ご心配ですか」

祖母は、あちらこちらに視線を彷徨《さまよ》わせた。

「出ていく時に、何となく様子が変だったものだから。仏壇にあった私の父のナイフを持ち出したり、それとなく私に、お別れを言っているような雰囲気で。何だか、もう帰ってこないように思えてしまって」

鼓動が高くなる。今朝、荷物も持たずにふらっとやってきた健斗の姿からは想像できなかったが、覚悟をして家を出たのだ。

「ご心配無用です。健斗君は元気で、夏休みを楽しんでいますから。彼の部屋は、どっちですか」

祖母が右側を指すのを見ながら黒木に視線を送る。これから鍵を開けねばならない。その間、祖母の注意を引いておいてほしかった。黒木はかすかに頷《うなず》き、祖母に歩みよる。

「僕は、上杉の友人で黒木と言います。折入って伺いたいことがあるんですが」

その肩を抱き、和典に背中を向けさせて台所の隅の方に連れていった。和典はドアの前に片膝を突き、アーミーナイフを開いて錐《きり》を出す。それを鍵穴に突っこみ、手早く穴の中のフックに引っかけた。カチリと音がしてドアが緩む。ノブに手をかけ、一気に引くと、部屋に滑りこんでドアを閉じた。明かりをつける。

照らし出された室内に、息が止まる思いだった。叫び声を上げているようなその部屋の中を見回す。それが健斗の心そのもので、自分が内側から健斗を見ている気がした。

「我がKのために」

そう書かれていたのは、正面の壁だった。大きな赤い文字である。その脇の壁には、やはり赤い文字でこうあった。

「俺は戦士」

一番長い赤文字はドアの上の壁に、横に書かれていた。

「人生を擲《なげう》って、我がKに尽くす。いつか英雄と呼ばれ、伝説になるだろう」

見る者を圧倒し、挑発しているような荒々しい字だった。衝撃から次第に覚めながら和典は思う、これは誰のために書いたんだ。部屋に鍵がかかっていることを考えれば、見るのは健斗自身だけだ。自分のために書いたのだ。なぜ、そんな事をしたのか。

室内を見回せば、机もワードローブもなく、隅に紙袋が三つ置いてあるだけだった。和典は、その中をのぞきこむ。一番端の袋には、畳んだ下着など衣服が入っていた。二つ目の中には、中学二年の二学期からの教科書とノートと文具。どれもまだ新しい。三つ目の中味は十数冊の本で、その全部に市立図書館のラベルが付いていた。一番上に、走り書きをしたメモ紙が貼ってある。

「祖母さんへ、これを市の図書館に返してください。自分でできなくて、ほんとにごめん。体を大切に長生きしてください。健斗」

それらの本は、歴史に名を遺《のこ》した英雄たちの伝記だった。アレキサンドロス大王やカエサル、カール・マルテル、フリードリヒ二世、ナポレオン、ド・ゴール、エリツィン、そしてゲバラ。ただ一冊だけ違う本が交じっている。民法だった。本の上部から付箋《ふせん》が出ている。

和典は、付箋の場所に指を入れた。相続税法のページ、第十六条の課税率の表に貼られている。本を裏返し、貸し出しカードの日付を見た。健斗がここに帰ってきて間もなくの時期だった。

じっとその表を見つめ、今までの健斗の言葉を思い返し、それらに壁のメッセージを重ねて考え続けて、やがて理解した。健斗がなぜ車の中で、村上氏たちの資産総額を聞いてうれしそうにしていたのか。どうして養子縁組もせず殺そうと考えたのか。Kとは何を指しているのか、そして、金持ちは社会に貢献するとはどういう意味だったのか。

付箋の付いている表の一番最後の欄には、こうあった。六億を超える相続税の税率は、百分の五十五と。百分の五十五というのは、半分以上だった。つまり六億を超える資産を持つ金持ちが死ねば、その遺産の半分以上を手に入れるのは、相続人ではなく、国家なのだ。健斗の言っていた、金持ちは社会に貢献するというのは、死ぬだけで多額の納税をするという意味だ。

村上氏が死ねば、その資産の五十五%に当たる六兆二百二十五億が国家に入る。三人の役員たちの分も加えれば、さらに巨額だった。健斗は、その納税を、自分の手で速やかに行うつもりなのだ。彼らが自己資産を消費したり、海外に移して税金逃れをする前に。

今の日本政府は、金に窮していると健斗は言っていた。多額の納税は、社会を変えるだろう。福祉にも金が流れやすくなる。それは、中学を卒業できるかどうかわからず高校には行けそうもない健斗が、世の中の多くの人間のためにできるただ一つのことなのだ。

健斗は、自分が望んで今の境遇に落ちた訳ではない。ただ突然に突き落とされたのだ。まるで通り魔に出会ったようなもので、誰にでも、例えば和典にも起こりうる悲劇だった。健斗の胸には、理不尽な運命に対する怒りや恨みが充満していただろう。

荒れ狂う心を抱え、孤独の中で、自分に襲いかかった不幸をどう受け止めればいいのか、考え続けていたのだ。この運命に従い、大人しく社会の下層に沈んで生きていくか、逆らって戦い、犯罪者と見なされても国を富ませて多くの人間を救うか。どちらが自分らしく、また自分の存在意義を感じられる生き方なのか。そして健斗は、後者を選んだのだ。Kとは、国家のKだ。

和典は、壁の赤い殴り書きを見つめる。中学男子は、誰も迷う。迷いの塊といっても過言ではなかった。これを書きながら健斗は、自分の心を追いこみ、納得させていったのだろう。自分を戦士に作り上げたのだ。伝記もまた、自分を説得するための道具だったのに違いない。歴史上の多くの英雄は、同時に多くを殺した人間でもある。今は殺人者と非難されても、いつか真意が理解され、英雄と呼ばれ、伝説になる日が来る事を期待したのだ。

健斗の殺意は、精一杯の自己犠牲と自己表現なのだ。価値を見出《みいだ》せなくなった自分の人生をあきらめ、それを投げ出して国家に奉仕する事で自己の尊厳を確保し、生きた証《あかし》にしようとしている。

それこそが、過去を乗り越えるために健斗が縋《すが》ったものなのだ。嘘《うそ》をついていた訳ではない。彼だけの言葉で真実を語っていたのだ。曲がった訳でも、腐敗した訳でもない。今ここに、純粋で一途《いちず》な姿が見えている。

「まいった。あいつ、やっぱ俺よりカッコいいかも」

つぶやきながらドアをわずかに開け、その隙間から外を見た。

「黒木さぁ、除菌スプレーか、アルコール除菌剤、貸してもらってくれ。エタノール分が高い方がいい」

つかつかと足音が近づいてきて、ドアが押される。隙間から、苛立《いらだ》たしげな黒木のささやきが流れこんだ。

「おい、何やってんだ。こっちは、もう話が持たんぞ」

和典は、開けさせまいとして防戦する。

「いいから持たせとけよ。おまえが、女を相手に話が持たなかった例《ためし》があるか」

瞬間、黒木が無言で手を緩《ゆる》めた。どうやら隙間から壁の文字が見えたらしい。

「わかった」

しばらくしてスプレー式の消毒用エタノールが差し出された。和典は受け取り、ポケットからハンカチを出す。エタノールをたっぷりと染みこませ、文字を拭《ぬぐ》った。

これがあったら、健斗は二度とここに戻ってこられないだろう。跡形もなく、きれいに消してやる。これは、なかったことになるんだ。健斗の決意もだ。犯罪者にしてたまるか。俺はあいつの価値を知ってる。それにも拘《かか》わらず健斗を一人にし、こんな道を選ばせた事を悔やみながら、力をこめて壁を拭う。健斗を事件の前に連れ戻す。中学受験の直前、まだ何も起きていなかった頃のあいつに、必ず戻してみせる。

2

「蜂の駆除に付き合ってくれてありがとう。じゃね、お休み」

健斗にそう言って、和彦は自分の部屋に入り、ドアを閉じた。手にしていたビニール袋を持ち上げ、中の様子を窺《うかが》う。かすかに羽音がした。

蜂の巣を駆除する時には、夜、蜂が巣に入って眠ったところを狙い、煙幕を使って蜂を気絶させた後、巣の根元から切り落とす。だが一匹や二匹は煙が届かなかったり、吸わなかったりする蜂もいた。まぁビニール袋の中だから問題はない。飼ってみたかったが、旅先であり始末するよりなかった。明日、蜂が目を覚まさないうちに殺虫剤で処理しよう。

袋を洗面所のダストボックスに入れ、ナップザックから携帯用の顕微鏡を出して机の上で組み立てる。窓辺のカウンターに置いてあった古い蜂の巣を持ってきて、カッターで輪切りにし、いくつものプレパラートにして、まず一枚を顕微鏡にセットした。

あの蜂は、なぜ一度作った巣を捨ててすぐ近くに作り直したのか。その秘密が、きっとわかる。胸を躍らせながら顕微鏡をのぞくと、そこに見えたのは煙のようなものだった。プレパラートを交換して観察する。巣の出入り口に絡《から》まったり、奥の方まで入ったりしていた。このせいで巣を放棄したのかもしれない。だがこれは、いったい何なのか。

和彦は顕微鏡を調整し、拡大する。煙のように見えたのは、絡まり合った繊維らしかった。一本一本が確認できないほど細い。タンポポの綿毛をさらに繊細にしたような感じだった。おそらく風に乗って流れてきて、巣に付着したのだろう。だが正体がわからない。

「なんだろ、これって」

もっと詳しく調べたかったが、それ以上は顕微鏡の倍率が上がらない。しかたなく諦《あきら》め、違う角度から検証してみようと考える、つまり正体不明のこの繊維は、どこから流れてきたのか。

机に載っているレターセットのトレーから便箋《びんせん》を取り出す。蜂の巣が作られていた南橋家の外形と二つの巣の位置、周囲の状況を描きこんだ。ノックが響く。

「トイレ貸してくんないか。俺の部屋、掃除中でさ」

ドアを開けると、健斗が入ってきた。

「へぇ、俺んとことまるっきり同じ造りだな」

部屋の中を歩き回る健斗から視線を逸《そ》らせ、再び机に向かう。便箋に描いた図を見ながらスマートフォンで住宅地図を出した。小畑川《おばたがわ》をたどり、南橋家を見つける。地図と自分の描いた図を重ね、二つの巣の位置を確かめた。破棄された古い巣は西向き、新しい巣は北向きだった。

では西からの風に、あの繊維が含まれていたということか。和彦は四方からの風を検討してみる。新しく北側に巣を作り、今も使っているのだから北側には問題がない。東と南からの風は、家屋に遮《さえぎ》られて当たらない。となると残るのは、やはり西からの風だった。ごく細い繊維だから蜂も最初は気づかなかったものの、出入り口や巣の中に溜《た》まり出し、放棄せざるを得なくなったのだろう。

再び顕微鏡をのぞく。グラスファイバーや、新素材として最近注目を浴びているセルロースナノファイバー以上に細く見えた。これほど細い繊維が自然に存在しているとは考えにくい。流出元は、どこかの工場だろう。

和彦は画面に指先を当て、住宅地図を西に広げる。小畑川の西側に大きな敷地《しきち》を持つ工場が見えた。三住製紙長岡京工場と書かれている。さらに地図を西にたどり、隣の市まで含めて工場を捜した。他には一軒もない。

改めて三住製紙工場に目を向けながら、先ほど通った竹林を思い出した。あれ程の規模の竹林が近くにあれば、セルロースナノファイバーの開発には最適だった。各製紙会社が技術の確立を競っている現在、三住製紙がセルロースナノファイバーを扱っている可能性は大きい。コストの高さが課題で、まだ商業生産が始まっていないとの新聞記事を見たことがあるが、三住ではそれをクリアし、商業ベースに乗せたのかもしれなかった。その工程のどこかに問題があり、セルロースナノファイバーが漏《も》れ出している。

いったんそう考え、またも顕微鏡をのぞいた。相変わらずはっきりしないが、やはりセルロースナノファイバーより細いような気がする。あたりにある工場はこの三住製紙だけなのだから、ここから出ている事は確実だった。セルロースナノファイバー以外に製紙工場から流出しそうな微細繊維があるだろうか。考えをめぐらせていて、ふと気がついた。工場の製品ではなく工場そのものかもしれない。そうだとすれば、この繊維の細さも頷《うなず》ける。

和彦はスマートフォンの画面を払い、三住製紙を検索する。鼓動を高くしながら情報が現れるのを待った。出てきたのは企業概要で、三住グループ傘下の会社として一八九八年に創設されていた。全国にある五つの製紙工場の一つとある。和彦は、渡されたファイルの中から館内図を出した。その裏の電話番号リストを見ながら受話器を手に取る。

「お伺いしたいんですが、この近くの三住製紙工場の建物は、建て直されていますか。もしそうなら、それが一九七五年以降かどうか知りたいんですが」

電話に出た男性から、調べて折り返すと言われ、それを待った。やがて呼び出し音が鳴る。

「三回、建て直されているそうです。ただ部分的には古い建物も残っているようで、現存の一番古い部分は、一九四三年前後に建てられているとの事でした」

全身が強張《こわば》る思いだった。やはり、そうなのだ。すぐ調査しないと大変な事になる。

「もっとも今は、使われていないようですが」

礼を言って電話を切った。自分が直面している事実の重大さ、その影響の大きさに体が戦《おのの》く。全身から汗が噴き出すような気がした。両手で額を拭う。一九四三年前後の建設で今まで七十四年間も放置されてきたとすれば、すでに多数の死者が出ていてもおかしくなかった。今後の被害を防ぐためにも、早く手を打たないと。

そう思いながらも躊躇《ためら》ったのは、繊維の正体がはっきりしていないからだった。大変な騒ぎになる事は目に見えているだけに、その後で間違いだったでは済まされない。まずこの繊維を確かめないと。一番近くにある分析機関に持ちこんで、分析してもらおう。

立ち上がったとたん、洗面所から出てくる健斗の姿が目に入った。体の後ろから、蜂の巣の入ったビニール袋がのぞいている。それを見て和彦は、上杉のメールを思い出した。取った蜂の巣、および蜂を死守せよ。健斗に渡すな。

「小林君」

あわてて走り寄り、ビニール袋に手をかける。

「だめだよ。返して」

3

「大量殺人の線は、消えた。ターゲットは、巨億の資産を持つ金持ちのみだ。具体的にはフォーブスの億万長者名簿に載った村上氏以下四人。動機は、国庫を豊かにするため」

帰りの新幹線の中で、黒木に状況を説明した。

「当初、金持ちの養子になりたいと望んだのは、同じ家で暮らすようになれば、狙うチャンスが増えるからだろう。確実に殺せる。だが京都で一緒に過ごす機会に恵まれて、その必要がなくなった訳さ。あそこのセキュリティがきつかったのは、幸いだった。でなけりゃ、一人や二人はもうやられてたかもしれない。何しろ本人は、戦士のつもりだ。殺人を隠そうとか、逃げようとかは微塵《みじん》も思ってない。一生を擲《なげう》つ覚悟なんだ」

黒木は、暗い眼差《まなざし》をこちらに流す。

「もしかしてカッコいいとか、おまえ、思ってるだろ」

言い当てられて黙っていると、黒木は自嘲的な笑みを浮かべた。

「俺は思ってるよ。あいつと同じくらい自分の人生に絶望してるのに、それを社会貢献に繋《つな》げるって発想ができなかった。俺が考えてたのは、せいぜい自分の人生を終わりにする事ぐらいだからな。ダサいだろ」

何と答えていいのかわからず、暗い窓の外に目をやる。

「頭がよくて、先が見えて決断力があると、あそこまで行っちまうよ。普通の奴《やつ》って皆、迷うけど、そういうことがないからね」

闇の中に、点々と家々の電灯が灯《とも》っていた。あの明かりの下では、誰が、どんな人生を送っているのだろう。健斗や黒木のような辛《つら》さを抱え、今、あそこで呻吟《しんぎん》している人間もいるのだろうか。

「まだ二泊二日、あるぜ」

黒木が車両の床に片手をついて腰を下ろす。片脚を胸に抱え、片方を和典の前に投げ出した。

「どうすんだ。一番面倒がないのは、加害者と被害者の隔離だ。俺たちが健斗を連れて帰るか、あるいは村上氏と三人の役員たちに危険を話し、帰ってもらうか」

和典は眉を上げる。

「そいつは、両方とも難しいな。健斗が大人しく帰るとは思えない。俺たちを振り切ってどっかに雲隠れでもしたら、監視できない分、逆に危ねーよ。村上氏にしたって、中学生のテロリスト一人を恐れて懇親会から引き揚げるような真似《まね》はしないだろう。警察に通報するかもしれないし」

黒木は、厄介だといったような溜《た》め息をついた。

「いっそ捕まえてもらえよ。それがベストだ」

寄りかかっていた壁から、思わず身を起こす。

「ダメだ」

一瞬、声が大きくなり、黒木が唇の前に人差し指を立てた。

「車内では、お静かに」

和典はあわてて口を噤《つぐ》み、再び壁に寄りかかる。

「健斗の計画も決意も、全部なかった事にする。凶器さえなければ、大丈夫だ。台所に押し入って包丁なんぞを持ち出さないように見張ってればいい。懇親会が解散になるまで犯罪を阻止できれば、これは単に二泊三日の楽しいヴァカンスだ」

黒木の目に、皮肉な光がまたたく。

「楽しいヴァカンスね」

嗤笑《ししょう》され、頬が赤らむ思いだった。くやしかったが、黒木の協力を得なければ健斗を抑えるのは難しい。自分を宥《なだ》めながら、何とか黒木に親身になってもらおうとした。

「ここをやり過ごすだけでいいんだ。その後は、俺が時間をかけて説得するから」

黒木はクスッと笑う。

「結構、熱いね、上杉先生」

依然として、からかい半分だった。和典はムッとし、にらみつける。

「健斗には、どんな傷もつけない。普通の生活に戻すんだ。もうそう決めてる」

健斗に対して真剣になれるのは、負い目を持っている自分しかいないのだろう。黒木に期待するのは間違っているのかもしれない。

「反対しても無駄だからな。おまえが協力しないなら、俺一人でもやる」

黒木はしかたなさそうに口角を下げた。そのまましばらく黙っていたが、やがて気を取り直したらしく、ゆっくりと口を開く。

「健斗の祖母《ばあ》さんと話したけど、やっぱり向日市《むこうし》の出身で、旧姓は島坂だって。生まれ育った家は、三住の別荘の近くだったらしい。父親に当たる健斗の曾祖父《ひいじい》さんが神隠しに遭ったのは、祖母さんが五歳の時だ。でも本当は神隠しじゃない。なんだと思う。誘拐なんだ」

突然、強い風に煽《あお》られた気がした。

「誘拐って、なんだそれ」

考えてもみない事だった。

「祖母さんとしては、孫に本当の事を言えなかったらしい。祖母さんの父親、つまり健斗の曾祖父は島坂史郎といって、この地で栄えた豪族の子孫だそうだ」

確か小塚も、そんなメールを送ってきていたと思い出す。

「名家だったが父親の放蕩《ほうとう》で、財産をほとんど無くしてしまった。一人息子の史郎は第二次大戦で徴兵され、スマトラ島パダンに行っていたという事だ。終戦で引き揚げてきて、家族を養うために地元の大手である三住製紙の警備員として働いていた。ところが周りからは、戦地帰りだ、目付きが悪い、人殺しだと言われて差別を受けた。体が大きかっただけに、余計に恐れられたらしい。当時はたくさんの男が徴兵され、戦地に向かった。そのまま帰ってこなかった者も多い。その家族にとっては、生きて帰ってきた史郎が妬ましかったんだろうな。島坂一家はひっそりと暮らしていたって話だ」

それは、日本のもっとも大きな悲劇だった。戦争で死んだ人々も、生きて帰ってきた人々も、その家族も、皆が等しく不幸だったのだ。

「それから三ヵ月も経《た》たないうちに、史郎は姿を消した。あまりにも突然だったんで、最初は神隠しだと言われた。ところが同じ日にもう一人、消えた人間がいるんだ」

和典は息を詰《つ》める。話は、奇妙な方向に転がり始めていた。

「消えたのは南橋由紀子、五歳。健斗の祖母さんの遊び仲間だ。親は三住製紙に勤めていて、その警備員だった史郎と親しかった。小さな街で同時に二人の人間がいなくなり、その関連性が噂《うわさ》に上る。由紀子は、評判の美少女だった。警察では、ここでの生活に不満を持っていた史郎が、顔見知りだった由紀子を誘い出し、神戸あたりで外国人に売った後、その金を持ってどこかに逃亡したのではないかと推定して捜査を進めた。ところが証拠を固められず、事件は迷宮入りしたんだ。噂が広がって島坂一家は住んでいられなくなり、東京の親戚を頼って上京した」

和典は、健斗の祖母の小柄な佇《たたず》まいや、小さな目や口を思い出す。五歳の頃からそんな苦労をしてきた挙句に娘の夫に病死され、保険金目当てに娘と孫二人を殺され、ただ一人残った孫が今、殺人者になろうとしているのだった。気の毒というより言葉がない。最後の悲劇だけは必ず止めると心に誓う。

「もう一つ新たな事実。健斗の祖母さんはあの別荘の近くに住んでいた。年齢的にも村上氏と同じくらいだから、知ってるんじゃないかと思って聞いてみたんだ。そしたら、やっぱり顔見知りだった」

和典は、ここに来る時に黒木が口にした言葉を自分のもののようにつぶやいた。確かに、妙に話が絡《から》んできている。

「村上氏の父親は帝国議会議員だ。それで徴兵されず、息子を連れて頻繁にあの別荘にやってきていたらしい。祖母さんは近所の子供たちと一緒に、よく遊びに行ってたみたいだ。祖母さんの弁によれば、総ちゃんはきっと私なんか覚えてないと思う、別嬪《べっぴん》だった由紀子ちゃんなら覚えてるかもしれないけど、という事だ。村上氏は当時から、将来は地元の大会社である三住製紙を含む企業グループに君臨する人間と言われていたらしい。一緒に遊んでいても、どこか別格官幣社《べっかくかんぺいしゃ》の感じがしたって」

老人ならではの比喩だった。別格官幣社などと言っても、今では誰にも意味がわからないだろう。

「じゃ村上氏も、その事件を知ってる訳か」

黒木は肩をすくめる。

「事件は、村上氏が別荘滞在中に起こったんだ。もちろん知っている」

ラッキーじゃん。

「よし、これでいこうぜ」

頭に浮かんだのは、村上氏と健斗の距離を近づけ、危機を回避しようという策だった。

「まず村上氏に、健斗が幼馴染《おさななじ》みの孫である事を知らせる。事件後、家族がたどった運命を聞けば、同情するかもしれないし、見る目も変わるだろう。養子の話も、嘘《うそ》から出た真になるかもしれない。で健斗にも、村上氏が祖母さんの幼馴染みである事を伝える。今の健斗には、村上氏の資産しか見えていない。人間として見ていないから、簡単に殺せるんだ。人間的な繋《つな》がりができれば、躊躇《ちゅうちょ》するに決まってる。二泊三日の間、躊躇《ためら》ってくれれば、それでいいんだ」

黒木は、鼻で笑う。

「小林に関しては、いいだろう。曲がる奴は大抵、繊細で感情的なんだ。思い止まるかもしれない。だが村上氏の方は無理だね。見ただろ、あの目」

ガラスの球のようだった。和典の机の梟《ふくろう》の目の方が、まだ感情が感じられる。

「事象より数字を優先して長年生きてきたからさ」

一瞬、胸を突かれた。では自分も、将来はああいう顔になるのかもしれない。何だか生きていくのが辛くなった。

「創業家として三住グループの象徴を務める一方で、村上氏は数年前までテレビ局の会長の座にあった。四十歳で役員に昇格した直後、社内クーデターを起こし、社長の座を乗っ取ったと言われている。その後、会長になって辞めるまで徹底的なデータ分析と、それに基づいた非情な経営方針を貫いてきて、今でも語り種だそうだ。カッターと呼ばれていたらしい」

それほど年季の入った冷徹さを、今ここで中学生が懐柔しようと思っても無理だろう。村上の方は放っておき、健斗に働きかけるしかなさそうだった。

「こっちに勝ち目があるとすれば、ただ一つ、村上氏の年齢だね」

そう言いながら黒木は腕を組み、揺れる天井を仰ぐ。

「村上氏は、今年七十六だ。平均余命通りとすれば、あと十二年弱しか生きられない。それは充分わかっているだろうし、この世を永遠に立ち去る心構えや準備もしているはずだ。よく言うだろ、年を取ると丸くなるって。あれは尖《とが》ってる部分が削れるとか、噴出するエネルギーが涸《か》れてくるってだけじゃなくて、今までの生き方への反省があるんだと思う。自分はこのままでいいのかって。今からでも舵《かじ》を切り直し、後悔が残らないような生き方をすべきじゃないかと考えて、村上氏がカッターと呼ばれた人生の見直しにかかっているとしたら、」

健斗のためにそうであってほしいと願う和典の前で、黒木は悪党のような笑みを浮かべた。

「ちょうどいい、利用しようぜ」

こいつ、時々、モラルに問題あるよな。

「じゃ、さ」

そう言いながら和典は、ポケットで鳴り始めたスマートフォンを取り出す。見れば、小塚からだった。

「村上氏の反応は期待するに留《と》めておいて、健斗の方だけ確実に抑えよう。とにかく惨劇を防ぐんだ」

山科《やましな》あたりの景色が猛然と窓の外を流れ過ぎて行く。和典はスマートフォンを耳に当てた。

「俺。何」

狼狽《うろた》えた声が聞こえる。

「おい、どうしよう」

小塚ではなく、健斗だった。

「刺されたんだ、小塚が雀蜂《すずめばち》に」

和典は、とっさに壁から身を起こす。小塚は過去に一度、刺されていた。健斗のあわて方から
して、アナフィラキシーショックを起こしたのだろう。

「エピペン、持ってっだろ。射《さ》せ」

黒木がこちらに身を乗り出す。

「それ、」

健斗の声は、相変わらず浮足立っていた。

「どこにあんだ」

嚙《か》みつきたい思いで叫ぶ。

「バカ野郎、本人に聞け」

「話せねーんだ。ゼイゼイ言ってて、呼びかけても反応しない」

呼吸障害と血圧の低下で意識を失ったのかもしれなかった。

「ナップザックの中、捜せ。あるいは館内の係員がもってるかもしんね。とにかく見つけて、腿《もも》
の外側に射すんだ。服の上からでいい。で、すぐ救急車を呼べ。急げ」

返事もなく電話が切れた。和典はスマートフォンを握り締める。近くまで来ているというのに、駆《か》けつけられないのがもどかしい。

「どうした」

車内にチャイムが響き、間もなく京都駅との放送が流れ出す。それを聞きながら出入り口のドアに足を向けた。後を付いてくる黒木に事情を話す。黒木は黙りこみ、ドアのすぐ近くで身構えた和典の後ろに立った。

「小塚は、あらゆる生物の生態に精通している。幼稚園児だった昔ならともかく、今、蜂に刺されるようなヘマをするはずがない」

言われてみれば、確かにその通りだった。

「それに、刺されてからショック症状が出るまでには十分前後の時間がある。その間に自分でエピペンを打てたはずだ。それができなかったとすれば、考えられるのは、ただ一つ」

振り向くと、恨むような目がこちらをにらんでいた。

「小林との間で何かがあって、それに関わっていたために、エピペンを使っている時間がなかったんだ」

和典は、自分が蜂の巣と蜂を死守しろとのメールを送った事を思い出す。健斗に渡すなと書いたのだった。小塚は、それを守ろうとしたのかもしれない。

「これが、おまえのお友達ゴッコの結果だ」

突き刺すような眼差で見すえられ、反論できなかった。

「ショック症状が出て、心肺停止までは約十五分だ。もし小塚がそんなことになったら、」

全身から血が引いていく。頭には、小塚の穏やかな笑顔しか浮かばなかった。あんなおっとりした奴が健斗と争って勝てるはずがないのに、死守しろだなんて、俺、なんて事を言ったんだろう。

「そうなったら、俺は小林を警察に突き出すからな。おまえが何と言おうと、だ。覚えとけ」

まとまらない頭で考える。そんなことになったら、どうすればいいのか見当もつかなかった。

4

ホームに滑りこんだ電車から飛び出し、乗り換え通路の方に行こうとすると、後ろから黒木が肩を摑《つか》んだ。

「タクシーを使おう。こっちだ」

片手で持ったスマートフォンで誰かと話しながら大きなストライドで歩き出す。その後を追いかけた。高架の駅通路から北口のタクシープールに駆《か》け降り、先頭にいたタクシーに黒木が行き先を告げる。

「三住京都病院、救急口前まで。急いでお願いします」

乗りこみながらこちらを見た。

「別荘に連絡を取った。今の時間なら渋滞もないから救急車を待ってるより別荘の車を使った方が早いって話になって、三住系列の総合病院に運んだって」

発車する車の中で和典もスマートフォンを出し、小塚にかける。健斗が出るだろうと思ったのだが、応答がなかった。両手の指を組み合わせ、額に押し付けて唇を噛《か》む。助かってほしいと願った。小塚を失いたくない。絶対に嫌だ。助けたい、自分の何かと引き換えにしてでもいい。神様、お願いだ、助けて。

「おい、さっさと降りろ」

黒木に言われて、タクシーが停《と》まった事に気づいた。開いたドアから飛び出し、救急口と書かれた出入り口に踏みこむ。そこに受付があり、黒木が小窓をのぞきこんだ。

「すみません、先ほど村上家の別荘から運ばれた患者、どこにいますか」

返事を聞いて奥に向かう。エレベーターの昇降ボタンを押しながらこちらを見た。

「ＩＣＵだ」

やってきたエレベーターに乗り、五階で降りる。脇の壁に表示されているフロア図でＩＣＵを捜し、そこに向かっていくと、廊下の長椅子に腰かけている健斗の姿が見えた。開いた両脚の上に両肘《ひじ》をつき、前かがみになって項垂《うなだ》れている。

黒木がいきなり早足になった。そばまで歩み寄り、片手を伸ばして健斗の胸元を摑《つか》み上げる。

「きさま、小塚に何をやった」

駆け寄って止めにかかった和典の腕を、切り落とすように振り払い、健斗を再び摑み寄せる。

「言えよ。ここで話せないなら、警察で話してもいいんだぜ。そうするか」

脅しにかかる黒木から、健斗は目を背けた。横顔に、影のように罪の意識が広がる。

「二人で蜂の巣を取りにいって戻ってきて、小塚はそれを持って自分の部屋に入った。俺は理由を付けて部屋に入れてもらったんだ。小塚は、先に駆除した古い巣の方を顕微鏡で調べてたから、その隙に蜂の巣の入ったビニール袋を持ち出そうとした。ところが見つかって小塚と揉《も》み合いになり、ビニール袋が破れて蜂が零《こぼ》れたんだ。巣を取る時に煙幕で燻《いぶ》してたから、ほとんど気絶してたけど、中で一匹動ける奴《やつ》がいて、それが小塚を刺した。それで小塚が怯《ひる》んだから、俺はその間に床に落ちた蜂をビニール袋に戻して持ち出そうとしたんだ。それに気づいた小塚と争ってるうちに、急にゼイゼイ言い始めて、倒れて」

黒木は、いっそう強く健斗の胸元を引き寄せた。

「何のために蜂の巣が必要だったんだ。億万長者を殺すためか」

健斗は反射的に顔を上げ、黒木を見すえる。ほんの五㎝も離れていないその目に向かって、黒木は挑むような笑みを突きつけた。

「Kのため、かよ。笑わせんな。人殺しにカッコつけてんじゃねぇ」

下卑《げび》た言葉を吐く黒木を見るのは、初めてだった。いつもならあり得ないその荒っぽさの底に、夥《おびただ》しい怒りが滾《たぎ》っている。

「目的のために殺人も厭《いと》わない自分は、すげぇとでも思ってんのか。それって、ただの馬鹿だろ。人を殺せるのは勇気があるからじゃない、知性がないからだ」

瞬間、体の脇にあった健斗の手が振り上げられた。肩の上で拳《こぶし》になり、黒木の顔に向かう。とっさに黒木が出した左手に当たり、高い音を立てた。すかさず健斗は、握った左手を黒木の鳩尾《みぞおち》に突っこむ。黒木は体をひねってそれを避けながら健斗に背中を向け、胸元を摑んでいた手首を返して半ば肩に担ぎ上げた。そこから一気に前に投げ落とす。健斗は車輪のように回って背中を打ち付け、そのまま廊下に横になった。動かない。和典があわてて歩み寄ると、ふいに飛び起きてこちらを見上げた。

「おまえか、こいつを連れてったのは」

敵意を剝《む》き出しにした眼差《まなざし》に、和典は立ちすくむ。

「そうだ」

どう言えば、通じるだろう。あれこれと考えながら、結局ありきたりの言葉しか見つけられなかった。

「気持ちは、わかるよ」

不当な運命に踏みにじられた健斗は、素晴らしく大きな目標を掲げ、それにしがみ付かなければ立ち直れなかったのだ。健斗の目にキラキラ輝くように見えたもの、それは自分以外の利益のために行動できる自分であり、自分を犠牲にして誰かに尽くす事によって手に入れられる誇りであり、自分の価値を信じる力だったのだ。

「俺の部屋に入ったんだな」

健斗はゆっくりと立ち上がった。緊張と不信に満ちた目をこちらに向ける。

「そうだよな」

和典は頷《うなず》いた。

「おまえの気持ちは、ほんと、わかる」

健斗の表情がふっと緩《ゆる》み、そのまま笑顔になる。だが目には不動の光があり、真《ま》っ直《す》ぐに和典をにらんでいた。

「わかるかよ。おまえの親、二人とも開業医だったよな、確かＰＴＡの会長とかもやってた。教育的で理解のある両親で、しかも金持ちなんだ」

こちらに向かって放たれている憎悪の大きさに驚く。それが、和典が友達に戻りたいと願っている相手なのだった。

「毎日が順調で、何不自由なくいい暮らししてるおまえになんか、わからねーよ。わかってたまるか」

全身を揺さぶられる思いだった。あの事件が生んだ亀裂の大きさに息を呑《の》む。それによって遥《はる》かに隔てられてしまった自分たちの関係に、絶望しそうになった。今さら無理なのだろうか。自分は、事件前の健斗を取り戻せないのか。黒木の言った通り、一人で友達ごっこをやって小塚を危機に陥れただけなのか。

「おまえさぁ、」

苛立《いらだ》つ心を宥《なだ》め、何とかしたいと思いながら必死に道を探る。

「吼《ほ》えんなよ。みっともねーからさ」

心で念じた。健斗に届け、俺の気持ち。

「言ってる事も、マジくだんねーし」

健斗は怒りを露《あらわ》にする。その目を見つめて訴えた。

「そんな事言ってたら、同じ経験をした奴しか友達になれないだろ。おまえと同じ奴なんて、どこにいんだよ。日本中捜しても、いやしねーだろ。俺の親が医者なのは、俺のせいじゃねぇ。殺人者の養父を持ったのがおまえのせいじゃないのと同じくらいにだ。わかりっこねーって言うんなら、それでもいいよ。けど、わかんねーと友達になれないのか。わかってないってことをわかってて、その重さを一緒に感じてれば、それで充分、友達なんじゃないのか」

健斗は無表情になり、その心中を察する事は難しかった。和典はこれ以上、何を言っていいのかわからなくなる。同時に、説教じみた台詞《せりふ》を吐いた自分が恥ずかしくなり、黙りこんだ。

かすかな音がし、ICUのドアが開き始める。向き直ると、ストレッチャーを引いた女性看護師が姿を見せるところだった。そばに二人が付き添い、ベッドには小塚が横たわっている。酸素マスクをし、点滴やセンサーに繋《つな》がれていた。

「状態は、どうですか」

歩みよって聞いた黒木に、看護師が手にしていた記録を見ながら答える。

「今のところ安定してます。呼吸障害や意識障害を起こしたので、一般病棟に戻して二十四時間の経過観察を行いますけど、徐々に回復するんじゃないかと思います」

心の底から溜《た》め息が出た。黒木もほっとしたらしかったが、一番安心した様子を見せたのは健斗だった。両手を上げて髪の中に指を埋め、そのまま天井を仰いで身じろぎもしない。

「ただ患者さんには、気になる事があるらしいんです。しきりに何か言おうとしているんですが、聞き取れません。ストレスになりますので、安心させてやった方がいいんですが、何かわかりますか」

和典は黒木と顔を見合わせ、そのまま健斗に目を向ける。

「思い当たる事、あるか」

健斗は即、首を横に振った。

「ない」

黒木が諦《あきら》めきれないといったように詰め寄る。

「何かあるだろう。おまえが蜂の巣を持ち出そうとした時、小塚は古い巣の方を顕微鏡で調べてたんだ。それがショック状態に突入する前の最終自主的行動だ。その時、何か言ってなかったのか」

健斗は、再び首を横に振った。

「その時は、何も言ってなかった。ただ昼間、すごく接近して二つの巣を作ったのが謎だとは言ってたけど。空の巣を調べてたのは、その原因をはっきりさせるためだと思う」

では答を見つけたのかもしれない。それを言いたいのだろうか。だがマニアック過ぎて誰の興味も引きそうにない蜂の生態を、口もきけない病床で伝えようとしているのは、いささかオタク度が過ぎないか。

「小塚を安心させてやろう」

黒木が出入り口の方に足を向ける。

「帰って、その巣を見てみようぜ。何かわかるかもしれない」

健斗が片手を上げた。

「俺ここに残る。小塚が気づいたら、すぐ話したいから」

疾《やま》しそうな表情を浮かべている。小塚を巻きこんだ責任を感じているのだろう。健斗の人間性は壊れてしまっている訳ではないのだ。和典はほっとする。これなら、いつかは気持ちが通じるかもしれない。

「行こう」

黒木の手が伸び、和典の肩を抱き寄せる。すぐそばからこちらをのぞきこんだその目が、好都合だと言っていた。ここに置いておけば、監視する手間が省ける。歩き出しながら和典は、健斗を振り返った。

「蜂と巣、どうした」

健斗は視線を伏せる。

「別荘の係員が持ってった。たぶん処分したんだと思う」

和典は、自分の脇で足を止めている黒木を見た。皮肉な光を湛《たた》えたその目の奥から、今にも言葉が迸《ほとばし》り出そうだった。

「そりゃ残念だったな、また何か新しい凶器を見つけなきゃならないって訳だ」

あわてて黒木の二の腕を摑《つか》む。

「行こうぜ」

5

「皮肉は、挑発になる。落ち着いたら俺がよく話すから、今、健斗を刺激するのはやめてくれ」

バス停に向かいながらそう言うと、黒木はつまらなそうな口調で答えた。

「根はいい子ちゃんなんだって事、よくわかったよ。俺があいつだったら、刺された小塚なんか放置だ。ゲットした蜂の巣で、そのまま犯行に及ぶ。それだけの時間はあったはずだ。なのに、あいつ、そうしなかったんだからさ」

いや、やりかねなかったと和典は思う。親睦会のウェイティングルームで、健斗は人間ではない、何か別の生き物のように見えた。あのままだったら、おそらくやっていただろう。そうしなかったのは、健斗の心に変化が起きたからだ。たぶん昼間ずっと小塚と接していたからだろう。小塚には、この世の利害を超越したような純粋さがある。それに触れていて、健斗の心はグラデーションのように少しずつ染まったのだ。倒れた小塚を見捨てられなくなり、目的をいったん放棄しても助けなければならないという気持ちになった。きっと今頃、自問自答しているだろう。

「いい方向にせよ悪い方向にせよ、徹底的なのがカッコいい。半端は最低だ。小林はもっとイケる奴《やつ》だと思ったのに」

いかにも不満げな口調に、和典は眉根を寄せる。

「おまえさぁ、それ本音なの。何、期待してんだよ。健斗主演のピカレスクロマンか」

黒木は自嘲的な笑みを浮かべた。

「あの部屋を見た時、正直ゾクゾクしたよ。あそこまでブチ上げたんなら、もっと突っ走ってほしかったね。これじゃ竜頭蛇尾だ」

こいつ、意外に悪《ワル》だと思いながら、拳《こぶし》で黒木の肩を小突く。

「そいで小塚が死ねばよかったのか。本人に意識が戻ったら、そう言っとくからな」

黒木は笑い出し、和典に肩をぶつけた。

「マジになんなよ。アウトローに対する、少年の無邪気な憧れだろ」

どこが無邪気だ、有邪気じゃん。

「ま、このまま小林の胸の火が消えてくれれば、めでたしってとこだけどね」

バス停の時刻表に目をやり、首を横に振りながら和典を振り返る。

「最終は、一時間以上前に出てる。タクシーしかないな」

二人でその場に立ち、通りかかるタクシーを拾おうとした。だが、どんな車も通らない。黒木がスマートフォンを出し、どこかに電話を入れた。

「ああ黒木です。さっきはどうも」

別荘の誰かに連絡しているのかと、最初は思った。

「タクシー拾いたいんだけどさ」

次第に口調が砕けていく。誰だよ。不審に思っていると、会話を中断し、送話口を押さえてこちらを見た。

「道で待ってても捕まらないから、病院に戻って客待ちのタクシーに乗った方が早いって。正面にいなかったら無線で呼んでくれるってさ」

歩き出しながら再び話し始める黒木の後を追いかける。

「ん、暇な時にメールしてよ。ああ機会があればね。じゃ」

電話を切り、和典の顔色を見て、聞かれるより先に答えた。

「さっきの病院の看護師」

目が真ん丸になる思いだった。

「色々と便利だから、一応コネつけといたんだ」

超早ぇ。

「健斗の見張りも頼んでおいた。動いたらすぐ連絡くれって」

舌を巻きながら、女に関して黒木に敵《かな》う奴はいないだろうなと思う。無敵の女誑《おんなたら》しだ。

「あ、一台いる。よかった」

病院の門を入り、出入り口の明かりに照らされているタクシーに乗りこむ。行く先を告げる黒木の声を聞きながらシートに座りこむなり、眠りに落ちた。健斗は普通に戻る、俺が絶対、戻してみせる。遠くなっていく意識の中で、そう考えていた。耳元で叫ぶ声を聞き、はっと目覚める。

「上杉先生、車庫まで行くつもりか」

あわてて降り、まだぼうっとしながら黒木の後に付いて歩いた。少しずつ頭がはっきりし、小塚の部屋に入る頃には何とか正気を取り戻す。

留守の間に掃除されたらしく、部屋は整然としていた。慌《あわ》ただしく運び出されたに違いない小塚や、床に散乱していたはずの蜂や巣の欠片《かけら》を想像させるようなものは一つもない。

「プロの技だな。犯罪の証拠でも完璧に消せそうだ」

黒木の声を聞きながら、机に目をやった。顕微鏡が設置され、周りにはいくつものプレパラートや切れこみを入れた蜂の巣、メモを書いた便箋《びんせん》が置かれている。和典は眼鏡を取り、レンズをのぞきこんだ。

「何だ、これ」

巣の出入り口や壁が妙にモヤモヤしている。小塚は、これを見ていたのだ。しきりに何か言おうとしているのは、これに関してか。

「どしたよ」

黒木が歩み寄ってきて、机の脇に立つ。

「何か付着してるみたいだけど、不明。もっと精度の高い顕微鏡でないと無理っしょ」

黒木は手の甲で和典の腕を軽く叩《たた》き、代われと催促した。そちらに顕微鏡を甓《いざ》らせると、立ったまま腰をかがめてのぞいていたが、程なくギブアップに到《いた》る。

「そのメモは」

黒木に言われて、便箋を渡した。

「ああ、どこかの家だな。二ヵ所に印があるのは、おそらく蜂の巣の位置だ。川が大きく東に屈曲するその手前、近くに橋がある」

黒木の声を聞きながらスマートフォンで、住宅地図を呼び出した。この別荘の住所で検索し、まず画面を固定する。時間的に考えて小塚がそう遠くまで行ったとは思えず、一番近い川を捜した。

「その川は、たぶんこれ、小畑川《おばたがわ》だ」

屈曲と橋の位置、家の外形を頼りに画面を移動させていき、やがてそれら三点が当てはまる家を見つける。そこに書かれている苗字《みょうじ》に、息を呑《の》んだ。

「南橋だ。健斗の曾祖父《ひいじい》さんが誘拐したって言われてる五歳の子が、確か南橋だったろ」

話は、またも絡《から》んできていた。

「この別荘の近くに住んでた健斗の祖母《ばあ》さんと幼馴染《おさななじ》みで、よく遊んでたっていうから、距離圏的にも合致する」

黒木が自分のスマートフォンを出し、小塚の描いた図を撮りながら艶《あで》やかなその目に笑みを含んだ。

「行ってみようか、その南橋家。小塚が何か言い残してるかもしれない」

和典は、呆然《ぼうぜん》として黒木を見上げる。こいつ、魔人か。どんだけ元気なんだ。

「行くのはいいけど、今は夜だ。向こうも寝てる。俺たちも、いったん寝ねぇか」

波のように押し寄せてくる眠気をかき分けながらつぶやく。

「俺、もう秒速でオチる」

黒木の低い笑い声が聞こえた。

「オッケ。お休み、BB《べべ》ちゃん」

第4章　奇妙な祠《ほこら》

1

「起きろ、上杉先生、朝だ」

羽根布団を突然、捲《めく》り上げられ、驚いて飛び起きる。さっき横になったばかりのような気がして、ナイトテーブルに嵌《は》めこまれている時計に目をやった。針は五時半を指している。部屋に戻ってシャワーを浴びたのは、確か三時過ぎだった。

「おい勘弁してくれ。もうちょっと寝かせろよ」

黒木が持ち上げている羽根布団を奪い返そうとすると、呆《あき》れたような声が飛んできた。

「おまえ、ジャワ原人《ホモ・エレクトス》じゃあるまし、裸で寝るのはやめろ」

あわてて枕に飛びつき、膝の上に抱えこむ。

「シャワーから出てバスローブ羽織《はお》って、体冷やそうと思ってスマホ見てるうちに寝落ちしただけだ。ほら」

床に蹴り落とされて白い塊になっているバスローブを指差す。

「いつもはちゃんとパジャマ着用だ」

そう言った瞬間、飛んできた服が顔に当たった。

「さっさと着ろ」

カーテンを開ける音が響き、部屋の中が一気に明るくなる。まぶしくて目をつぶった。

「飯食って出かけるぞ」

くっそ、冷血漢。

「お、話題の二人だ」

静かにバルコニーの戸を開ける音がし、冷やりとした空気がベッドの方まで流れてくる。ようやくまぶしさに慣れ、窓辺に目を向けると、もう黒木の姿はなかった。

気になってベッドから降り、窓辺に寄る。バルコニーから庭に続く階段をそっと降りていく黒木と、その向こうに広がる芝生に立っている男性二人が見えた。一人は村上総、もう一人は昨日、ウェイティングルームで見かけた三住重工の森山会長だった。あの時、耳にした話を思い出す。三住重工は業績が振るわず、森山会長の解任もありうるとの噂《うわさ》だった。急いで服を着、部屋から飛び出す。

二階ホールを走り抜け、階段を飛び降り、玄関から出て南側の庭に回った。まだ一分も経《た》っていないはずだと思いながら、建物から張り出した半円型のベランダに並べられている二mほどのブロンズ製の花鉢を見つける。その陰に身を潜《ひそ》め、二人の会話に耳を澄ませた。

「俺も、こんな時間に目が覚めて、何となく庭に出てしまう年になったよ」

「私もです」

初めて聞く森山会長の声は明るく、力があった。

「先が短くなったのだと実感しています」

生え際の後退した額や白髪の勝った頭、ブルドッグのように垂れた頬は、二人に共通している。同年輩なのだろう。

「人生の店仕舞いにかかる時期ですかね」

村上は頷《うなず》き、両手を体の後ろで握って背伸びをするように踵《かかと》を上げた。

「重工の未来は、どうだい。特にアカのでかい造船部門は」

森山会長に向けた目の中で、刺すような光がまたたく。

「ご心配をおかけして申し訳ありません」

森山会長は、穏やかな笑みを浮かべた。

「しかし私は、重工の未来に希望を持っています、特に造船部門に」

村上の危惧も、昨日の噂も全面否定だった。会長の沽券《こけん》にかけて、自社の低迷を認めまいとしているのだろうか。だが村上は、それで通る相手ではないだろう。和典は体を硬くし、成り行きを見守る。

「ほう」

村上は上げていた踵を下ろした。足の下で砂利が崩れる。

「その根拠は」

森山会長は、いく分緊張した表情になった。

「今年に入りバルチック海運指数は昨年の二倍に回復していますし、受注量も前年比五割増と反転しています。状況は悪くなく、また中国工場の活用によるコスト圧縮も進んでいます。さらに今後、過去に手がけた事のなかった新たな事業にも取り組んでいく予定です。これは社会のニーズを捉《とら》えたもので、かつ社会に貢献するものであり、社会的に期待されているものでもあります。そういう仕事を手がける事は、社員にとって誇りになり、モチベーションを上げ、会社全体を前向きにするでしょう。例えば、海底資源プロジェクトへの技術参加です」

話すにつれて言葉に力がこもっていく。その仕事に情熱を捧《ささ》げている事がよく伝わってきた。

「我が国の排他的経済水域の面積は、各国から注目されるほど広い。この水域で海底の鉱物資源を採掘すれば将来的に大きな利益が見こめますが、低コストでやらねばならない。そのためには我が造船部門の持つ技術が必要不可欠です。今までの蓄積が、この分野で生かせると確信しています。またノーベル物理学賞の実験に貢献した観測装置にも、我が造船部門の技術が採用されており、今後」

村上が両手を上げ、森山会長の言葉を遮《さえぎ》る。

「わかった。造船部門の主軸は、大型客船から産業インフラへ転換する訳か。熱力学を専攻し、造船現場で叩《たた》き上げた君ならではの発想だな。だが、船造りひと筋だった現場の連中が付いてくるのか」

森山会長は、大きく頷いた。

「そのために今、全国の工場を回り、今後の造船部門のあるべき姿を説明し、社員たちと話し合っています。確かに、現状の行き詰《づ》まり感を口にする社員も少なくない。言わない者も、これまでのような造船の仕事には未来がないと感じている。その全員を、必ず新しい未来に連れていけると確信しています」

村上は、愉快そうな笑い声を立てた。

「驚いた。君はさっき店仕舞いの時期だと言っていたのに、再び店開きをする気なのか。蛮勇と言えん事もないが、まぁ我がグループも、ご多分に漏れず人材不足だ。そういう発想をし、スムーズにその転換をするために全国を回れるような人間は、君以外にいそうもないからな。体に気を付けろよ。後任を養成しておく事も、忘れるな」

そう言って片手を上げる。

「今日の散歩は有意義だった。それじゃ」

歩み去っていく背中に、森山会長は深々と頭を下げた。和典は、こっそりと自分の部屋に向かう。大手企業グループのトップやその周辺にいる人間というのは、ああいうものかと思った。切りこむ力を持ち、察しが早く、あらゆる点に目配りでき、あくまで前向きで、含むところを持っていながら瞬時に決断する。その鮮やかさに心が痺《しび》れた。それに比べ、昨日のウェイティングルームでの噂話のレベルの低さは、どうだろう。あの程度の想像しかできない人間では、とてもトップまでいけないいんだろうな。

「二人とも」

階段を上りかけると、上から声が降ってきた。

「なかなか役者だったね」

黒木が降りてきて肩を抱き、和典の体を百八十度回す。

「朝飯食いに行く前に、ちょっと散歩しよう」

和典は口を開きかける、自分に必要なのは散歩じゃなくて睡眠だ。そう言いたかったが、黒木の言葉に遮《さえぎ》られた。

「あの二人、たまたま出食わしたって訳じゃないぜ」

気を引かれて黒木の顔を見る。皮肉な笑みを浮かべていた。

「村上氏が早朝に散歩をする事は、皆が知っている。コースも決まってるんだ。直訴したい役員は、その道のあちこちで待ち構え、話を聞いてもらう」

歩き出す黒木の後に従って玄関から建物の西側に回り、先ほどの庭に出た。芝生を切りこんで作った通路を歩き、噴水の横を通って洋式庭園の端まで行くと、そこに階段があった。それを上った所から和式庭園が始まり、鴨川真黒《かもがわまぐろ》を敷き詰めた急な上り坂が続く。

「ほら」

坂道の途中で足を止めた黒木が、振り返った。

「見ろよ」

眼下に広がる洋式庭園の並木や、そこに置かれた彫刻の陰に、スーツ姿の男性がいく人か佇《たたず》んでいる。

「村上氏は、あっち」

噴水の水盤の向こう側から現れ、通路を真《ま》っ直《す》ぐに進んできた。すぐさま最初の男性に声をかけられる。

「大手企業グループともなると、内部の抗争も熾烈《しれつ》だ。お互いにライバルに競り勝たなきゃならないし、弱点は見せられないから、村上氏のような存在は貴重だろう。経営に関与していないという名目があるから、話す方も、散歩途中に出会って世間話をしただけ、愚痴をこぼしただけ、と逃げられる。村上氏も、それに付き合っただけと恍《とぼ》けられるし。で、裏で手を回し、グループ内の問題を是正し、平穏を保つ。まぁ身分を隠して諸国視察をした水戸黄門《みとこうもん》みたいなもんだね」

話を終えた村上は片手を上げ、歩き出す。次の男性が待つ場所に向かっていった。

「散歩もゆっくりできないんだな」

いささか同情すると、黒木が肩をすくめる。

「むしろ楽だろ。現場の問題点や情報が、向こうから飛びこんでくる訳だから。そういうのを把握し、解決してこそ君臨できるんだ。血統だけじゃ務まらないよ。さて飯食いに行こうか」

和典は頷きかけ、ベランダからこの庭園を見た時に目に付いた赤い屋根を思い出す。確か、この近くだった。実物を見て、自分の推定したサイズが正しかったかどうかを確かめたい。

「この辺に、幅が五十㎝くらいの屋根を載っけた建物、あるだろ」

黒木は苦笑し、歩き出した。

「上杉先生が一番重要視するのは、やっぱ数字なんだね。普通なら何色の、とか言うだろ。その方がわかりやすいし」

あわてて口にする。

「赤の」

黒木はくすくす笑いながら、坂道を上り詰《つ》めた。近くなってくる滝の音を聞きながら、水路を横切る太鼓橋を渡り、灌木《かんぼく》の間を歩く。

「あそこだ」

見下ろせば、木々の間に切妻《きりづま》屋根を上げた小さな祠《ほこら》があった。和典はそこに通じる小道を駆《か》け下りる。正面に立ち、指でサイズを測れば、やはり横幅は五十㎝前後だった。自分の推測に満足し、ゆっくりと近づいてきた黒木にからかわれないように笑みを隠す。

「珍しいね、こういうのに興味持つなんて」

サイズを確認したかっただけとは言えず、しかたなく身をかがめ、厨子《ずし》のような祠をのぞきこんだ。

「これ、何、祀ってあんの」

黒木は首を傾《かし》げる。

「さぁ屋敷神《やしきがみ》かなんかじゃないか。祖先の霊を神霊として崇《あが》めて、土地建物の平安を願うって日本古来の信仰だ」

まったく興味がなさそうにあたりを見回していて、その視線を、祠の脇に立つ四角円柱の石灯籠に止める。

「おい、崇道天皇《すどうてんのう》って刻んであるぜ」

誰だよ。

「屋敷神じゃなくて、御霊《ごりょう》神社の分社の類だ」

黒木は祠の扉に両手をかけ、開け放つ。中に入っていたのは、白い和紙に包まれた神札《しんさつ》だった。表に墨文字で、崇道天皇と書かれている。

「やっぱ崇道天皇社の分霊を祀ってあるんだ」

活気づく黒木の前で、和典は沈黙した。訳がわからない。だが尋ねるのは癪《しゃく》に障《さわ》った。数字以外に興味がないからね、と言われるに決まっている。

「小塚が言ってただろ」

和典の気持ちを見透かしたらしく、黒木は揶揄《やゆ》するような笑みを含んだ。

「平城京と平安京の間の時期、ここに長岡京って都があったって。怨霊に呪われていると言われて、たった十年しか持たなかった都だ」

確か早良親王《さわらしんのう》の祟《たた》りという話だった。だが崇道天皇というのは初めて聞く名前で、関係性がわからない。

「この崇道天皇って、早良親王のことだよ。怨霊になった早良親王を鎮めるために、崇道天皇の諡号《しごう》を贈ったんだ」

和典は、その小さな祠を見つめる。伝説が、こんなふうに現実として目の前に現れてくると、いささか不気味だった。

「気になるのは、だ」

黒木の笑みが、不敵さを孕《はら》む。

「なぜここに、その霊が祀ってあるのかって事だな」

和典は祠を眺め回した。新しくはなかったが、それほど古いという訳でもない。せいぜい、ここ一世紀以内の建築物だろう。時間的に考えれば、祀ったのは村上氏本人か、その父親、あるいは祖父あたりということになる。

「神札、開けてみるか」

黒木が、祠の中から神札を摑《つか》み出した。

「何か、わかるかもしれない」

その手を押さえる。

「やめとけ。人のもん勝手にいじるな。それに、祟られたらヤバいだろ」

黒木は、驚いたような顔になった。

「おまえ、祟りなんか信じてんのか。へぇ数式的にどう表すの」

かなり馬鹿にされた気がした。くやしかったが、ここに到着した時にやってみようとしていた事でもあり、スルーしたくない。意志は表明しておこう。

「チャレンジする気はあるよ」

こちらに向いた黒木の目の中に、マジかと書いてあった。

「だが時間は相当かかる。ニュートンだってアインシュタインだって、一晩で成果を上げたわけじゃないんだ。取りあえず、それ戻しとけ」

黒木はしかたなさそうに神札を祠に収め、観音開きを閉じる。自分自身を納得させるように言った。

「ま、従業員や庭師なら、この祠について知ってるだろう。後で情報を収集する事にして、朝飯に行こうか」

二人で、元の道まで戻る。背後に大きな池を構えるそのあたりが、この和式庭園の中で一番高い場所らしかった。木々に囲まれている祠を見降ろし、和典は、それらの陰に別荘がすっぽりと隠れている事に気づく。まるで存在しないかのように消えていた。ふっと思う、この和式庭園がこれほど高い所に造られているのは、そのためかもしれないと。そこに何かの、あるいは誰かの意図があるかのような気がした。

「どした」

黒木に聞かれ、正体不明のその意志に気を取られながらつぶやく。

「祠が、別荘を消している」

2

小塚のスマートフォンに電話し、誰も出ない事に舌打ちしながら朝食会場に向かう。一階の玄関右手にあるサロンだった。

開かれたドアの前に、バチストのナプキンを袖にかけた男性が立っており、笑顔で席に案内する。窓の向こうには、正面玄関の横に位置する広い池が見え、壁や絨緞《じゅうたん》も爽やかな色調、飾られている絵や彫刻も小振りで軽妙、いかにも朝食会場に相応《ふさわ》しい洒落《しゃれ》た室内だった。

女性の姿は、どこにもない。あちこちの席に座って食事を始めているのも、サービスのために動いているのも、すべて男だった。

テーブルの上には、小さなメニューが載っている。食事はコースのみらしく、コンチネンタル、アメリカンとだけ書かれ、内容についての説明はなかった。その下に、飲み物の一覧表がある。シャンパンからワイン、日本酒まで並んでいた。

「朝から、か」

呆《あき》れながらつぶやくと、向かい合って座っていた黒木が肩をすくめる。

「ヨーロッパのホテルでは普通。むしろ、高級ホテルの証拠」

それ、すごく曲がってると思うぜ。

「おまえ、どっちにすんの」

聞かれて、迷う事なく答えた。

「青少年は、もちろんアメリカン」

コンチネンタルでは、トーストかパンケーキにジュースかミルク、そしてコーヒー、付いてもヨーグルトくらいだろう。アメリカンならプラス卵、ハムかソーセージが出る。中学男子に蛋白質は欠かせない。

「俺、コンチ」

そう言って黒木は手を上げ、ウェイターを呼んだ。

「僕にコンチネンタル、彼はアメリカン」

ウェイターは、メモを構える。

「コンチネンタルは、バゲットのフレンチトースト、カマルグの塩をふって。北海道のブルーチーズを少し。グレープフルーツジュースと、六十度のミルク。コーヒーはブルマンでブラック、以上」

ウェイターは頷《うなず》き、和典を見た。ボールペンを握りつつ、笑顔で催促する。黒木の注文の細かさに呆気《あっけ》にとられていた和典は、あわてて自分の食べたい物を頭の中で纏《まと》めた。

「トースト厚焼き、卵は野菜のオムレツ、茹《ゆ》でたチョリソー、トマトジュースにレモン、紅茶でお願いします」

ウェイターは微笑《ほほえ》みを広げながら頷く。

「紅茶は、どちらの物をご用意いたしましょうか。商品名でも結構ですが」

迷っていると、黒木が自分の事のように答えた。

「ミルキーブルゥを」

しっかりメモしたウェイターは、食事の前か後かを聞いてから、愛想よく立ち去る。和典が不服そうにしていると、黒木はかすかに笑った。

「ミルキーブルゥは、お勧めだ。色が素晴らしい。紅茶色の中で、淡い乳白色と深い青が入り混じる神秘の紅茶だ。経験して損はない」

和典は時々、黒木を遠くに感じる。同い年なのに和典の知らない、学校でも塾でも決して教えてくれない多くの事を知っていた。それは驚きであり、尊敬や憧憬《しょうけい》の気持ちを抱かせるものでああり、同時に自尊心を傷つけられるものでもあった。

「お待たせいたしました」

紅茶とコーヒーがポットで運ばれてくる。

「お好みで、どうぞ」

紅茶の横には砂糖、レモン、ライム、ミルク、蜂蜜、メイプルシロップ、ジャムが並べられた。和典は絶句する。多すぎる選択肢は一見、素晴らしく見えるが、活用する知識と術を持たなければ、豚に真珠だった。俺は豚かも。そう思いながら何も入れずに紅茶を飲む。

「ちょっと教えてください」

立ち去ろうとしたウェイターを、黒木が呼び止める。

「南側の和式庭園にある祠《ほこら》についてなんですが、知っていますか」

ウェイターは姿勢を正し、銀のトレーを小脇に抱えこんだ。

「いえ、存じ上げません。わかる者を呼んでまいりましょうか」

黒木の許可を得てウェイターは奥に入っていき、しばらくして年配の男性を連れてきた。ウェイターとは服の色が違うが、厨房《ちゅうぼう》から出てきたところを見れば関係者だろう。年齢からして支配人かもしれなかった。

「お待たせいたしました。祠についてて、何をお話しすればよろしいでしょうか」

黒木は、何でもないといったような軽い様子を取り繕う。

「今朝、散歩をしてて気になったんですが、あれって、いつ頃、誰が造ったんですか」

年配の男性は、ほっとした顔つきになった。

「あれは、先代がお造りになったものです」

先代というのは、村上の父親の事だろう。

「当時、私はまだここにおりませんでしたが、終戦後すぐの時期だったと聞いております」

言葉は、和典の心で静かに変質し、疑問になる。終戦直後なら、物資も少なかったはずだ。社会科の授業では、その当時の日本には食うや食わずの人間も多かったと習った。そんな状況で、なぜ祠など作ろうという気になったのか。しかも非業の死を遂げた早良親王《さわらしんのう》を祀《まつ》ったのは、どうしてか。

「あのあたり一帯にかなりの量の土を盛り上げ、土地を嵩上《かさあ》げしてから、祠を造ったようです」

さっき見た光景が胸に浮かび、和典は声を上げそうになる。あの祠はやはり、この別荘を隠すように造られたのだ。状況がいいとは言えない戦後すぐに多大な労力と金をかけ、わざわざ作業したのだから、隠すというよりもっと強烈な気持ちからだろう。あの祠によって、この洋館の存在を消し去ろうという意図があったのに違いない。

「先代というのは帝国議会議員だった方ですよね、村上氏の父親の」

黒木が聞くと、男性はうれしそうな顔になった。

「はい、聡介様です。素晴らしい粋人だったそうですよ。お目にかかれなかったのが残念です」

粋人というのは、カッコいい男という意味だろう。あの祠の秘密は、その粋人が握っているのだった。

「毎年、祠のお祭りもやっています」

黒木が組んだ指をテーブルに載せ、そこに体重をかけて身を乗り出す。

「お祭りって、何をするんですか」

男性は困ったように笑った。

「我々は下準備をするだけで参加しませんので、詳しくは存じません。祠を飾ったり、お寺さんから来てもらう手配をしたり、ですね」

和典は眉根を寄せる。祠なら、祀ってあるのは神のはずだ。なぜ神主じゃなく、坊さん呼んでんだろ。

「参加するのは、村上家の方々だけです。先代は、祠の前で能を披露されていたそうですよ。いつも『敦盛《あつもり》』だったとか。今の御前様《ごぜんさま》が能を舞われるかどうかは存じません。その日は我々も、製紙工場の従業員もお休みをいただいておりますので」

黒木が礼を言う。引き上げていく男性の後ろ姿を見ながら、その目を底から光らせた。

「あの祠の祭神は崇道《すどう》天皇。そこに坊主を呼ぶんなら、その祭りってのは御霊会《ごりょうえ》だ。他にありえない」

きっぱりと決めつけ、どうだと言わんばかりの顔をしたが、理解できなかった和典はぼんやりしていた。黒木は若干、苛立《いらだ》つ。

「おまえ、世の中は数学だけで成り立ってる訳じゃない。社会の授業もちゃんと聞いてろ。神前で僧侶が読経を行うのは、神道と仏教が結びついた日本独自の信仰形態だ」

そういえば神道と仏教がはっきり分離したのは、明治維新からだと習った気がする。それ以前は、神仏が一緒に祀られている事も多かったのだ。

「で、その御霊会の目的って、何」

和典の質問に、黒木は得意げな笑みを浮かべる。

「御霊会というのは、祟《たた》りを防ぐための儀式だ」

呆然《ぼうぜん》とした。西暦三桁時代に死んだ早良親王の祟りを、いまだに恐れて毎年祭っている訳か。かなり神経細いな、創業家。

「謎が一つ」

黒木がつぶやく。

「なぜ村上聡介が、早良親王の祟りを恐れるんだ」

神経細いからだろ。

「その儀式は、今の村上総が引き継いでいる。村上親子は、早良親王を恐れる事情を持ってるって訳だ。何だろ」

和典は溜《た》め息をつく。千年以上の時を超えた関係に、思いを馳《は》せても無駄だろう。ただの無駄ではない、膨大過ぎる無駄だ。

「わからん。さっさと食って出かけようぜ。小塚が南橋家に手がかりを残してる可能性がある」

3

住宅地図の通りに歩き、南橋家にたどりつく。こぢんまりとした家だった。ドアフォンを押す。

「すみません、昨日ここに蜂の駆除に来た中学生の友人ですが」

応答の声がし、やがて玄関が開いた。

「はい、何のご用ですか」

和典は目を見開く。出てきたのは、来る途中のパーキングで出会った、潤んだ瞳の持ち主だった。

「あ」

そう言って少女は真顔になる。

「私の事、心配して、わざわざここまで来てくれたの」

違《ちげ》ぇーよ。自分本位のその発想、やめろ。

「何か感激。ありがとう」

だから、違うって。

「やぁ、また会えてうれしいよ」

そう言いながら黒木が和典を押しのけ、前に出た。

「昨日、俺の友達が、この家の蜂の巣の駆除をしたんだけど、その事知ってるかな」

少女は頷《うなず》く。

「ええ、お祖母《ばあ》ちゃんから聞きました。おかげで助かったって」

和典は、時間を計算する。事件は、健斗の祖母が五歳の時に起きた。姿を消したのは、同い年の遊び友達の南橋由紀子。この少女は中学生だから、年齢的には由紀子の孫の代だ。由紀子の兄弟か姉妹の孫だろう。

「実は、その友達が駆除した蜂に刺されて、今病院にいるんだ。何かしきりに話そうとしてるみたいなんだけど、誰にもわからない。ここで蜂の駆除をした時に何かがあったのかもしれないって思って、来てみたんだけど」

少女は気の毒そうに眉を顰《ひそ》め、両手で口を覆《おお》った。

「そうだったんですか。かわいそう。私はその時いなかったけど、お祖母ちゃんなら知ってると思います。今、お墓参りに行ってるんです。すぐそこだから、もうすぐ帰るはずなんだけど」

黒木は、真《ま》っ直《す》ぐに少女を見つめる。

「近くなら、ここで待ってるより行った方が早いよね」

少女は、まぶしそうに半ば目を伏せた。大きな瞳の上に、長い睫《まつげ》が被《かぶ》さる。和典は、やはり睫毛の長い同級生を思い出した。カーブし、先が上がっていて愛らしい。今頃どうしているだろう。

「悪いけど、案内してくれるかな」

少女は素直に玄関の三和土《たたき》に降り、外に出てきた。

「こっちです」

先に立って歩き出すのを見て、和典は急に心配になる。いいのか、鍵かけなくて。

「あ、まだ名前聞いてなかったよね」

黒木は、素早く少女の隣に歩み寄った。

「俺は黒木。あっちのは上杉」

「私、南橋玲奈《れな》です」

俺って、あっちの、かよ。

家の前を通っている道路を横断し、少し歩いて石垣の脇についている階段を上る。所々、苔《こけ》むし石の丸くなった階段は、わずかに傾《かし》ぎながら朝の陽射《ひざ》しを浴びていた。

「この上がお寺で、境内に墓地があります」

黒木は、寄り添うように肩を並べて歩く。

「君のお祖母さん、誰のお墓にお参りに行ってるの」

玲奈は微笑《ほほえ》んだ。

「うちの先祖のです。でもお祖母ちゃんの気持ち的には、たぶん由紀ちゃんの供養。お祖母ちゃんの妹で、小さな時に誘拐されたっていう由紀子さんです」

和典は、耳を欹《そばだ》てる。

「お祖母ちゃんの両親が生きている間は、ずっと捜してたそうです。似た人を見かけたって聞くと、二人でどこまででも出かけていったって。でも次第に情報が少なくなっていって、二人が亡くなり、その後を継いでいた婿養子のお祖父《じい》ちゃんも亡くなって、お祖母ちゃんもようやく諦《あきら》めたんです。つい最近、南橋家の墓石に由紀子さんの名前を入れました。それからは毎日、通ってるの。後悔してるみたい」

なんでだ。

「由紀子さんはすごい美人で、しかも積極的な性格で、お祖母ちゃんは小さな頃からずっとその陰になってたんです。それでいつも、由紀子なんかいなくなってしまえって思っていたんだって。それが現実になって、お祖母ちゃんは自分のせいのように感じてるの」

坂道を上り詰《つ》めると、視界が開け、森を背景にした明るい墓地が見えた。左手に寺が建っている。

「このあたりの家は皆、あの寺の檀家《だんか》で、ここに墓があるんです。ついでに言えば、このあたりの人たちは皆、三住製紙の工場に勤めてます。地元では昔から一番の大手で、うちのお祖父ちゃんも勤めてたし、父は今も在職です」

誘拐犯と言われている健斗の曾祖父《ひいじい》さんの勤務先でもあった。

「私も高校を卒業したら、就職するかも」

立ち並ぶ墓石の中に開かれた道をしばらく歩き、黒御影《くろみかげ》の石の前で足を止める。墓石には南橋家と刻まれ、新しい花と水が供えられていた。和典は後ろに回り、由紀子の名前を確認する。隣に玲奈の祖父らしい名前があった。

「はれぇ玲奈、どないしたん」

嗄《しわが》れた声が上がり、振り返ると、寺の方からやってくる老女の姿が見えた。

「お祖母ちゃんに会いたいって人を案内してきたの」

黒木がすかさず前に出る。

「昨日、蜂の駆除に来た中学生の友人で、黒木と言います」

老女は、穴の開くほどその顔を見つめた。

「まぁほんに、いい男やなぁ。うちが今まで会うた中で、一番やで」

玲奈が、こそっとつぶやく。

「またぁ、いつもそれなんだから」

頼もしい婆《ばあ》さんだと和典は思った。女誑《おんなたら》しの黒木と、いい勝負をするだろう。

「この人たちは、昨日来た子が蜂を駆除した時、何か言ってなかったかって聞きにきたんだよ」

状況を摑《つか》めずにいる老女に、黒木が事情を説明する。老女は驚いたようで、曲がっていた背中を伸ばし、こちらを仰いだ。

「そら、えろう気の毒やなぁ。やけんど私は、何にも聞いとらへんえ。昨日の子ぉらは、取りたてて何も言うとらおへんどした」

胸で期待が潰れる。薄い氷を踏んだ時のような、かすかな音がした。ここで手がかりが得られなければ、もうどうしようもない。

「言うとくがなぁ、蜂についちゃこっちが頼んだわけやおへん。うちにゃ、何の責任もおへんどすえ」

玲奈があわててにらむ。

「お祖母ちゃん、何言うとんの。責任がどうのって話やあらへんよ。余計な事言い出さんといて」

訛《なま》り交じりの言葉で老女を制し、急いでこちらに向き直った。

「ごめんなさい」

黒木が労《いたわ》る。和典は落胆のあまり、気遣う余裕もなかった。小塚はいったい何を言いたかったのだろう。ショック状態で倒れながら、それでもなお言おうとしていたのは何だったのか。それを突き止めて、小塚を楽にしてやる事はできないのだろうか。

「妹さんが昔、誘拐されたとか」

黒木がさりげなく切り出し、墓石に視線を流す。

「何の手がかりも連絡も、一切《いっさい》なしですか」

老女も、墓石に目をやった。

「もし生きとったら、もう七十も半ば過ぎどす。せやけん私の頭の中じゃ、今でも五歳のまんまや。あの日、遊びに出かける時、私に、こない言わはってな。姉ちゃん、今日はええ物持って帰るによって、楽しみにしててなぁ。で、出かけて、それっきりどす。今も、あの顔が忘られへん。夢に見る時ぁ、よくこう言うてますえ。おまえ、いつになったら姉ちゃんに、ええ物持って帰られはるんや、もう七十一年や、長すぎるやろ、てなぁ」

哀《かな》しげな笑みを交えて話す。和典は、口の中で繰《く》り返した。いい物を持って帰る。つまり由紀子は、何かを手に入れにいったのだ。それを持ち帰ろうとしていたのであれば、顔見知りの警備員である島坂が声をかけ、どこかに誘っても、ついて行かなかった可能性がある。島坂は、無理矢理に連れ去ったのだろうか。それなら由紀子は抵抗しただろうし、駅や道路でも人目についたはずだった。

「その、いい物が何なのか、見当がつきますか」

突っこむ黒木に、老女は首を横に振る。

「それが、とんとわからしまへんのや。この話は当時、警察にもしたんどす。警察は由紀の遊び仲間に聞いて回ったようどすが、誰もわからへんかった。そのまんま結局わからずじまいや。その日は誰も、由紀と一緒やおらへんかったようどす。ああ立ち話もなんや、うちでお茶でも、どうどすえ」

黒木が、そつのない笑みを浮かべる。

「ありがとうございます。でも、これから約束があるんです。それが終わったら、ぜひお伺いしたいと思います。お電話しますので、番号を教えてください」

老女から電話番号を聞き出し、別れを告げた。戻っていく二人に背を向け、反対側に歩き出す。

「あの人から、これ以上の情報が得られるとは思えない。いつでも連絡を取れるようにしとけば、それで充分だろ」

和典は黒木の後に続く。小道の左右に広がる墓石の列を何気なく見ながら足を運んでいて、昭和五十年代後半からの死者が多い事に気づいた。どの墓石にも必ずそれ以降の年に死んでいる人間の名前がある。刻まれた享年から見れば、老人ばかりではなかった。中年から壮年も多い。先ほど見た南橋家の墓石でも、玲奈の祖父らしい男性の死亡した年は昭和六十二年、まだ六十歳だった。ここには特殊な風土病でもあるのだろうか。それとも何かが起こったのか。スマートフォンで各墓石を撮影する。

「あれ、見ろよ」

黒木が足を止めたのは、墓地の端だった。眼下に流れる川の向こう側に、工場らしい大きな敷《しき》地《ち》が広がっている。三住製紙長岡京工場との看板が立っていた。

「今回、何かと絡《から》んできてる場所だ。一度、行って見とこうぜ」

4

相変わらず小塚のスマートフォンには、誰も出ない。黒木が看護師に連絡し、ようやく状況を摑《つか》んだ。

「小塚、まだ眠ってるってさ。でも数値は悪くないらしい。回復中ってことだろうな」

胸を撫《な》で下ろしながら墓地を出て、製紙工場に向かう。

「あの婆《ばあ》さんに電話してさ、聞いてみてよ。昭和五十年代後半から、このあたりで伝染性の病気でも流行《はや》ったのかって」

黒木がスマートフォンで話し、送話口を押さえてこちらを見る。

「特にないってさ。で、おまえに話があるって」

俺には、全然ない。

「出ろよ」

差し出されて、やむなく手にした。

「代わりました」

耳に届いたのは、玲奈の声だった。

「さっき、話が途中になってしまってごめんなさい。私の事なら心配しないで」

だから、してねーよ。

「私、ちょっと気が回らなくて、不器用なだけだから」

ちょっとじゃねーだろ、かなりだ。

「上杉君って、彼女いるの」

何だ、こいつ。いきなり距離、近過ぎだろ。目的は何だ。怒るぞ。

「もしいるんだったら、彼女、幸せだね。色々と気遣ってもらえて」

和典は、スマートフォンを黒木に突き返す。

「後は、おまえに任せる」

黒木はしかたなさそうに引き取った。

「ああ、ごめん。これから電話できないエリアに入るから。君の番号とアドレス教えてくれたら、上杉に伝えとくからさ」

伝えるな。俺は全然ほしくない。

「じゃあね」

電話を切り、黒木は立ち止まった。簡単な操作をしてから、スマートフォンを耳に押しつける。何やってんだろ。不思議に思いながら和典が歩いていると、やがて足早に追いついてきた。

「さっきの会話、録音しといたんだ。で、今聞いた」

体が一気に冷たくなる思いだった。それ反則だろ、おまえ、汚ぇぞ。

「玲奈ちゃん、おまえを気に入ってんだよ。もうちょっと親切に相手してやれば」

和典は眉を上げる。

「何のためにだよ。俺、女の機嫌取りたくないし。第一、面倒くせぇ」

黒木が溜《た》め息をつく。

「おまえさぁ、女嫌いなの」

しみじみと言われて、和典は歯を剝《む》き出して笑ってみせた。

「別に。おまえほど好きじゃないだけだ」

瞬間、頭に黒木の掌《てのひら》が載る。

「嚙《か》みつくなよ。俺、マジで心配してんだぜ。俺たち男子校だし、こういう出会いを生かさないと、おまえ、卒業まで彼女できねーよ。そんでいいの」

頭を揺するように擦《さす》られながら、いささか反省した。自分の気持ちをきちんと話そうという気になる。

「俺、はっきり言って、女とは方向が違うから、そんでいい」

自分の心を探りながら、それを表す言葉を捜した。

「素数がすごくカッコいいと思ってる事や、一般相対性理論に感動する気持ちなんかを女に理解してもらうって大変だし、たぶんできない。無理強《じ》いしたら、かわいそうだし。でもそれらが俺には何より大事だし、何より楽しいんだ」

好きな子はいるが、打ち明けていない。機会がないからだったが、それを作ろうとも思っていなかった。たとえ伝えても、その先がない事はわかっている。数学に心惹《ひ》かれている自分の気持ちを理解してもらえると思えないし、逆に彼女の趣味に付き合っても、楽しめる自信がなかった。それで、その事についてはあまり考えないようにしている。できれば忘れてしまいたかった。来年になれば受験準備も始まる。中高一貫でも、受験に相当する進級考査《テスト》があり、かなり厳しいと聞いていた。女どころではない。

「女に関わって色んなことに時間を取られるより、自分で好きな事をやってた方がいいっていうのが今の心境」

黒木は、小さく笑った。

「意外と見えてないんだね、上杉先生」

和典は戸惑う。何を言われているのか、わからなかった。

「おまえが昨日、小林に言った言葉、思い出してみろよ。わかり合えないって事をわかってて、その重さを一緒に感じてれば、それで充分、友達になれるって言ってただろ。彼女だって同じだ。おまえの趣味を理解できなくても、その大切さを一緒に感じてくれるなら、アリなんじゃないのか」

今まで思ってもみなかった事だった。自分が発し、今戻ってきたその言葉の重さに胸を突かれる。黙って歩きながら考えた。じゃ俺、勉強と両立できさえすれば、もうちょっと積極的になっても、いいのかも。

「ああ、ここだ」

黒木が足を止める。先ほどから道路の片側に続いていたコンクリートの塀が途切れ、大きな門が見えてきていた。門扉には三住製紙長岡京工場と彫金されたプレートが嵌《は》めこまれている。その奥にあるいく棟かの社屋の壁からは、標語やイメージキャラクターの描かれた垂れ幕が下がっていた。門のすぐ近くに警備室があり、窓口に警備員の姿が見えている。

「どうする。この規模だったら、たいてい工場見学を受け付けてると思うけど。希望して、中に入ってみるか」

和典は、首を横に振った。

「工場側が見せてくれるのは、見せたい姿だけだ。工場の周りを歩いて様子を探ってみようぜ」

二人で、コンクリートの壁沿いに歩く。壁の高さは一m半ほど、所によってはフェンスになっており、敷地《しきち》内の様子は丸見えだった。並び立ついくつかの建物の壁面には梯子《はしご》や大小のパイプが取り付けられている。シャッターを開けたままの倉庫やコンテナもあり、建物の間には、松を植えた庭や池も見えた。敷地は広く、壁は延々と続いている。

「おい、もう三㎞くらい歩いてないか」

「冗談。五㎞は、いってるって」

太陽は次第に光を強め、突き刺すような熱を放つ。遮《さえぎ》るものは何一つなく、ただ道路が真っ直《ます》ぐに続いているばかりだった。片側は工場を囲む壁、反対側は空き地で、所々に駐車場や家がある。後頭部を炙《あぶ》られながら和典はTシャツを脱ぎ、首に巻きつけた。黒木が、嫌な顔をする。

「おまえさ、脱ぐなよ。みっともないだろ。人が来たらどうすんだ」

いつも黒木は、クールだった。ひどく汗をかいたり、逆に寒さに震え上がっている姿を見た事がない。上辺を取り繕っている訳ではなく、自然体でそうなのだ。芯からきれいで気品を感じさせる。和典はつい思ってしまう、黒木は理想的にデザインされた生命体なのかもしれないと。それは、黒木の一番辛《つら》いところなのだろうが。

「誰も来やしねーよ。さっきから無人じゃん、この道」

最初の曲がり角まで三十分以上がかかった。そこを曲がると、またも延々と壁が続く。次第に頭がぼんやりしてきた。

「上杉、顔赤くなってるぞ。熱中症になりかけだ。休もう」

目をやれば、黒木はいつもとまったく変わりがない。くやしく思いながら、道を挟《はさ》んで向かい合っている小さなコンビニに入った。頭の上から冷気が降ってくる。

「水、買おう。何か食うか」

しばらく休み、チョコレートで英気を養ってから店を出る。

「特に変わったところはないな。普通の工場だ」

角を曲がると、水音がした。道の右手は、壁に替わって金網が張られており、左手は崖で、下を川が流れている。その湿気のせいか金網には錆《さび》が浮き、地面は一面、苔《こけ》に覆われていた。陽当《ひ》たりも悪く、どことなく陰気な感じがする。位置的には、工場の正門の真裏だった。黒木が敷地内に目をやる。

「あれ、古そうだな」

倉庫のような建物が一棟建っていた。屋根はスレート、出入り口は引き戸で、雨樋《あまどい》や軒下の柱などは錆び、こちら側に面した窓はガラスが割れている。周りの地面も土のままで、伸びた夏草が青い匂いを振りまいていた。

「使ってないんじゃね」

引き戸の前に茂っている草を眺めながら言うと、黒木は一瞬、目を細めた。

「今、あの草の中で何か光った。何だろう、確かめてくる」

金網に手をかけ、ローファーの先を突っこんで上り始める。

「おい止めろ。工場内に、何か落ちてるってだけじゃん。見過ごせよ。誰かに見つかったらどうする」

黒木はこちらを振り返り、ちょっと笑った。

「中学生の場合、謝ればすむ」

こいつ、世の中なめてんな。溜め息をつきながら見ていると、黒木は金網の上部に手をかけ、懸垂の要領で体を持ち上げて上に腹這《はらば》いになった。すかさず脚を上げ、向こう側に飛び降りる。草の中に片膝を突き、先ほど見た光を捜し始めた。和典はやむなく敷地内と道路に目を配る。人が近づいたら、すぐ引き上げさせなければならなかった。

「おかしいな。確かこの辺だったんだけど」

思わず声をかける。

「黙ってやれ。見つかるぞ」

黒木は軽く笑った。

「おまえの声の方が大きいだろ」

腹立たしく思いながらにらみつけていると、やがて発見の叫びが上がった。何かを摑《つか》み上げ、土を払ったそれを持って再び金網に上り、飛び降りてくる。

「これ、何だろう」

差し出したのは、陶器の欠片《かけら》だった。和典はズボンの後ろポケットから定規を出す。ほぼ三角形のその欠片は、底辺が二cm、高さが四cm、厚さが一cmほどでカーブしていた。外側は芥子《からし》色で、内側は斑《まだら》な黒、先端にわずかに金箔《きんぱく》がついている。それが光っていたのだろう。芥子色の面には、びっしりと黴《かび》が生えていた。

「何の欠片だろう。製紙工場で生産したり、使ったりするような物とは思えないけど、なんであんなとこにあったんだ。気になるな」

和典は、黒木ほど関心を持てなかった。どうでもいいと思いながら定規を拭い、ポケットに差しこむ。

「誰かが、外から投げこんだ陶器類が、地面に当たって割れたんじゃね」

黒木は、きっぱりと首を横に振った。

「地上に出てた部分は、極僅《ごくわず》かなんだ。ほとんど埋もれてた。投げこんで、あの状態はあり得ないね」

かなり興味を引かれている様子だったが、和典には、大した物とは思えなかった。

「あ、そ。わかったから、それ、戻してこいよ」

黒木は片手で破片を空中に投げ上げ、落ちてきたところを摑み取る。

「帰る途中で、南橋家に寄ろう。玲奈ちゃんが部活で陶芸やってるって話だったから、見せて聞いてみる」

和典は慌《あわ》てた。

「おい持ち出す気か。まずいだろ。戻せよ」

黒木は、さっさと歩き出す。

「もちろん戻すよ。すぐ戻す。これが何かを確かめたらね」

舌打ちしたい気分で、その背中を見すえた。おまえ、確信犯だな。

「それさぁ、持ち去ると窃盗罪だぜ。ヤバい事すんなよ」

急に黒木が立ちすくむ。

「見ろよ」

二つの目は、川の向こう岸に向けられていた。

「あそこに南橋家がある」

小さすぎて、とても見えない。

「おまえ、鷹《たか》か」

からかった和典の言葉を、黒木は聞こえなかったかのように無視した。

「さっき行った時、軒下に鳥避けのCDが掛けてあったろ」

それが今、キラキラと太陽光を反射している。

「で、すぐ隣に大きな杉の木があった」

思い出しながら和典は、先ほど歩いた墓地と南橋家の位置関係を確認した。どうやら間違いないらしい。ここから直線距離で、百二、三十m前後だった。

「放棄された蜂の巣があったのって、確か、こっちに向いてる側だったよな」

和典は手で、スマートフォンを出せと黒木に催促する。小塚の描いた地図を呼び出させ、横からのぞきこめば、やはり川に面した側だった。

「じゃ巣に絡《から》まってたあの物体は、こっちから飛んでいったんだ」

二人で、思わず敷地内を振り返る。降り注ぐ強い陽射《ひざ》しの下、雑草の中に建つ老朽化の進む建物は、いっそう古色蒼然《こしょくそうぜん》として見えた。別荘に到着した時の係員の言葉を思い出す。別館一階にある村上記念ホールで、製紙工場の沿革が見られると言っていた。

「帰ろう」

この建物について調べれば、何かがわかるかもしれない。

「いや」

黒木が、手にしていた陶器の欠片を空に差し上げる。

「こいつの究明が先だ」

5

「一度焼いてから絵付けをしているし、これといった特徴がないから、たぶん清水焼だと思うけど」

庭に面した明るい居間の長いテーブルの上で、玲奈は陶器の欠片《かけら》を四方八方から眺め回した。

「厚さが均一だし、色もきれいだから、きっと熟練した陶工の作った物だよ。でもこれって、何の欠片なんだろ。色や釉《うわぐすり》の雰囲気からすると、壺《つぼ》か花瓶みたいだけど、それだったら」

欠片を裏返し、斑《まだら》に黒くなっている内側を上に向ける。

「中が焦《こ》げてるのは、おかしいよね」

それで初めて、黒い斑模様が焦げ跡であると知った。意外に思いながらも和典は、苛立《いらだ》ちを抑えられない。こんな、どうでもいい事に時間を取られたくなかった。早く別荘に戻り、あの建物について調べたい。

「顧問の出柳《でやなぎ》先生だったらわかるかも。今日は、五条坂のご自宅にいると思うから、これから皆で行ってみよっか」

黒木が勇んで立ち上がった。

「すぐ行こう」

ますます和典の思惑から外れていく。苛立《いらだ》ちが募った。

「急いでアポ取ってよ」

そう言いながら黒木は居間の引き戸を開け、お茶を持ってきていた祖母と鉢合わせしそうになる。

「何や、帰ってしまいはるんか。今、お昼を用意してるとこどすえ」

黒木は愛想のいい笑みを浮かべた。

「すみません、今度伺った時にいただきます」

祖母は、呆気《あっけ》に取られたような顔になる。

「のびてしまいよるわ」

その脇を通り過ぎて玄関に向かう黒木を、和典は追いかけた。これ以上付き合っていられない。

「俺、帰ってるから」

黒木は足を止め、こちらを振り返った。天井の低い廊下は暗く、黒木の顔は深い影を宿して見えた。

「何、イラついてんだよ。俺が、ハズしすぎてると思ってんのか」

図星を指され、言葉に詰《つ》まる。黙っていると、黒木はちょっと笑い、目を伏せた。

「俺、さっき、あの草叢《くさむら》から呼ばれたような気がしたんだ。無視できない強い声で、ここにいるって言われた気がした。おまえだって呼ばれたんだろ、あの赤い屋根の祠《ほこら》にさ」

考えてもみなかった。

「そんなんじゃねーよ」

否定したものの、妙に落ち着かない。ここに来てから確かに、今まで散らばっていた様々な事が少しずつ絡《から》まり、纏《まと》まっていくのを感じていた。まるで誰かの意志が働いているかのようだった。だが、だからといってそれに振り回されていていいのか。和典は大きく息を吸いこみ、自分の気持ちを奮い立たせる。陶器の破片より、あの建物を調べるのが先決だ。小塚を早く楽にしてやりたい。

「俺だって、小塚の事は気にしてる」

黒木は譲る気配がなかった。逆に、和典を宥《なだ》めにかかる。

「だけど、どうしてもこれを見過ごせないんだ。上杉先生はいつも鋭角的思考だけどさ、たまには回り道をしてみるのも悪くないと思うぜ。それが結局は近道って事もあるし」

考え方が単一で、幅が狭いと言われた気がした。自分でもよくわかっている部分を指摘され、それまで焦《じ》れていただけに心を逆なでにされる思いだった。和典は気色ばむ。

「ああ俺は、鋭角だよ」

そこで止めておくべきだった。だが勢いがついていて、つい口走ったのだった。

「おまえみたいに、理想的にデザインされてる訳じゃないからな」

黒木の顔から一気に笑みが消える。和典は自分が口にした事の重大さに気づいた。やべぇ。そう思いながらどうしていいのかわからず、ただ黒木を見つめていた。固まったような沈黙が次第に重みを増していき、やがて黒木が突き放すように身をひるがえす。

「俺、行くから」

そのまま玄関を出ていった。黒木との間にはっきりと刻まれた溝を、和典は痛みのように受け止める。突き上げてくる後悔で、目が眩《くら》んだ。何とか心を落ち着かせようとして夢中で自分に話しかける。

なんて事、言ったんだ。黒木の一番痛いとこに触るなんて、ヤバすぎるだろ。あいつが弱みを見せたのは、友達だと思ったからだ。そこに突っこむなんてマジ最低だ。ああ、もう絶対、許してもらえないぞ。和典は目をつぶる。追いかけて謝る事もできないほど、自分の発した言葉に心を抉《えぐ》られていた。

黒木は、あの欠片に拘《こだわ》っていたんだ。黙って付き合ってやればよかったじゃないか。何でそうしなかったんだ。あんな事言ってしまって、もう何もかも滅茶苦茶《めちゃくちゃ》だ。慰《なぐさ》め、癒やし、助けたいと思っていたのに。

「あの、ごめんなさい」

振り返ると、玲奈が立ちすくんでいた。

「私が調子に乗って、皆で行こうなんて言ったりしたから。私、いつも空気読めなくて、人の気持ちに気がつくのが遅くて」

こちらを見つめる大きな目に、じわっと涙が浮かび上がる。和典は頭を抱えこみたい思いだった。黒木と決裂したあげく、泣きそうな女と向き合わなくちゃならないなんてハード過ぎる、勘弁してくれよ。

「いや、君のせいじゃないから」

必死で言葉を見つけると、玲奈は潤んだその目をゆらっと揺らせた。

「いえ、私のせいです。私の責任だから」

だから自分本位のその発想、やめなって。

「きっと何とかします」

二つの目から、涙が溢《あふ》れた。

「必ず何とかしますから、ちょっと待っててください。お願いします」

両手を握りしめるようにして、深々と頭を下げる。その全身から、直向《ひたむ》きさが伝わってきた。こいつ、意外に真面目《まじめ》なんだ。思いがけない発見に、一瞬心が和《やわ》らぐ。それでようやく余裕が生まれた。

「じゃさ、黒木の役に立ってやってよ。あの欠片の正体をはっきりさせてくれ。俺の番号とアドレス、今言うから記録して。何かあったら連絡を」

その後の言葉は、胸でつぶやく。

「俺ができなかった分も、よろしく頼む」

第5章　因縁の糸

1

和典は、一人で別荘に戻る。玄関を潜《くぐ》り、灼熱《しゃくねつ》のアマゾンから零下のグリーンランドにワープしたような気持ちになった。涼しさに包まれながら別館にある村上記念ホールに足を向ける。渡り廊下で繋《つな》がった別館一階は、入った所がロビー、その奥が村上記念ホールだった。懇親会に参集した役員たちの今日の予定はゴルフ、保津川下り、長岡京廻《めぐ》りと石清水八幡宮《いわしみずはちまんぐう》参拝の三つで、皆がどれかに参加しているらしく、あたりには誰の姿もない。

ひっそりと開かれている両開きのドアを入ると、中は歴史記念館のような作りだった。写真やイラストを配した説明パネルがいくつも壁にかけられ、年表も展示されている。作り付けの陳列ケースの中には、京都の商人だったという創業者から始まる歴代の村上家当主の遺品や収集品が並べられていた。

その前を通って和典は、三住製紙のコーナーにたどりつく。社長のメッセージが写真入りの大きなパネルになっており、三住グループの企業理念「国家のための三住」が掲げられ、隣に全国五ヵ所の工場が紹介されていた。その奥に、長岡京工場の展示部分がある。

工場の成り立ちや沿革を説明するパネルやジオラマが設置され、それらの間にガラスの展示ケースが二基置いてあった。「工場の変遷（明治から現在まで）」と書かれたプレートが立ち、二つのケースのそれぞれに図面が入っている。最初のケースのガラス面から、中をのぞきこんだ。

工場が創設された明治三十四年と、現在の状態になった十年ほど前の図面が並べられている。敷地《しきち》内の屋舎は、一般の住宅地図と同様に輪郭だけで表示されていた。明治三十四年の図面では、工場の敷地も小さく屋舎も数少ない。和典が注目したあの建物も、まだできていなかった。隣にある現状の図面では、倍以上の規模になっている。創設から現在までの間に流れた百余年の歳月のどこで、あの建物が建てられたのか。

二番目のケースの中には、三枚の黄ばんだ図面が広げられていた。大正九年、昭和三年、昭和十六年とある。和典はそれらの一枚一枚に目を通し、川を目印にしてあの建物を捜した。

大正九年の図面には、まだない。昭和三年にも見当たらず、最後の一枚、昭和十六年の図面の前に立つ。祈るような気持ちで捜し、そこに赤い線で描きこまれているあの建物を見つけた。図面外に書かれた注釈には、赤ハ再来年ノ着工、同年度内ノ竣工《しゅんこう》予定、とある。つまりあの建物は昭和十六年に計画され、十八年に着手、十九年三月末までにでき上がったのだ。

昭和十九年といえば、太平洋戦争が始まった三年後である。その前年あたりから日本の敗色が濃くなってきていて、昭和二十年に敗戦を迎えたと習った気がする。計画時の十六年には戦況も悪くなく、新たな建築に問題はなかったのだろう。だが着工する頃には、資材も入手困難になってきていたはずだ。そんな中でなぜ、建設が強行されたのか。

「謎だな」

見当がつかない。あたりに視線をさ迷わせていて、壁に掛けられた三住の企業理念「国家のための三住」が目に留まった。政府から何かの依頼を受け、それを製造するために新しくあの建物を造ったという事か。

敗北の気配が漂い始めた当時、政府が武器や戦車を急造する命令を出したというのならわかる。だが、ここは製紙工場だった。もし政府命令なら、いったい何を製造していたのだろう。しかも現状の図面と比べてみれば、他の屋舎が軒並み建て直され、形を変えているのに、あの建物だけがそのままだった。どうしてか。

「やっぱ謎、多いな」

各屋舎で作っていた製品について、どこかに説明があるかもしれない。和典は、改めて展示物を最初から見直してみた。だが、どこにもない。黒木を押し切り、結果的に傷つけてまでここでの調べを優先させたのだ。何もわからなかったでは、すまされない。

苛立《いらだ》ちながら考える、このホールの責任者に聞けば、何かわかるかもしれない。急いで出入り口に向かうと、ちょうど向こうから巡回してくる警備員の姿が見えた。

「すみません。あの図面の屋舎について伺いたい事があるんですが、責任者の方はいらっしゃいますか」

警備員は、制服の腰のベルトから携帯電話を取り上げる。

「ちょっとお待ちください」

誰かに連絡し、京都言葉での会話を終えてこちらに向き直った。

「責任者は今、夏休みを取っていて不在のようです。代わりに、わかる者を呼びました。今は警備をしとりますが、昔は製紙工場の抄紙《しょうし》機《き》の管理者で、この工場の生き字引と言われとる人間です」

警備員の言葉が終わらないうちに足音がし、出入り口から背の低い七十代の男性が走りこんできた。肩で息をつきながら、こちらを見る。

「生き字引の出番って、何や」

意気ごんで駆けつけてきたようで、こちらに向けられた目は好奇心に溢《あふ》れていた。

「あんたはんか。何やの」

和典は、男性を図面の展示ケースの前まで連れていく。

「この赤い線の建物なんですが、中で何を作っていたのか、おわかりになりますか」

男性は図面を見下ろし、しばし考えていたが、やがてようやく和典の質問の意味をつかんだらしく顔を上げた。

「こりゃ倉庫やわ」

和典は眉根を寄せる。あの時期に、ただの倉庫を造っていたとは考えにくかった。

「ずっと使われとらへん。俺が入社した昭和三十八年にゃ、中は空っぽ、天井なんぞはもうベロベロやった。もっとも戦争中は、何やら作っとったって話どしたが」

思わず身を乗り出す。男性は、そこが聞きたかったのかという表情になった。生き字引の本領を発揮できると思ったらしく、得心の笑みを浮かべて口を開く。

「当時は、戦争特需ゆうて、戦争に必要ないろんな注文が舞いこんできたんや。ところが、ほれ、男が徴兵でおらんやろ。そんでこん近くの長岡京高校、昔は長岡京高等女学校ゆうたんやが、あそこの女学生を三百人ばっか集めよって、監督が指導して作らせとったそうや。それも終戦で終わって、後はずうっと倉庫やな。取り壊す話も何度か出よったが、いつも立ち消えでなぁ。噂《うわさ》じゃや、先代の聡介はんが強く反対しはったちゅうこっちゃ」

突然、現れたその名前が、耳を刺す。別荘の裏手にある祠《ほこら》を造った人物が、この建物にも影響を及ぼしているとは思わなかった。見た事もない先代、村上聡介。その姿が影のように製紙工場の図面の上に広がっていく気がした。

「ここでは、何を作っていたんですか」

生き字引は、軽く頭を振る。

「それがわからんのや。あの時だけの特別な物やったらしくて、何の資料もあらへんし、話も伝わっとらん。実際に作業をしとった女学生たちに聞きゃあわかるかもしれへんが、当時の女学生も今じゃ婆《ばあ》さんや。寿命で死んだり、耄碌《もうろく》しはったりして話もできひんと違いまっか」

婆さんと言われ、玲奈《れな》の祖母を思い出す。ひょっとして当時の女学生の中に知り合いがいたり、話を聞いたりしているかもしれなかった。

「ありがとうございました」

深く頭を下げ、南橋家に向かおうとすると、腕を摑《つか》まれる。

「あんなつまらん倉庫より、もっとええとこに案内しちゃるわ。この工場の花形、アジア一のマシンと言われる抄紙機を置いてある社屋や。さ、こっちゃ来いや」

無理矢理引っ張られ、焦《あせ》った。断る口実を考える間もなく、連れていかれそうになる。瞬間、ポケットでスマートフォンが鳴り出した。素晴らしいタイミングに感謝しながら取り出す。小塚からだった。あわてて耳に当て、もう一方の手で生き字引に謝りながら頭を下げる。生き字引はしかたなさそうな顔で手を放し、立ち去るかと思えば、そばで待機の構えだった。諦《あきら》めてくれればいいのに。

「俺だ」

耳元で健斗の声がする。

「小塚、今、目が覚めたって看護師が教えてくれた」

力のこもった、うれしそうな声だった。

「これから医師が診察しに来るって」

和典は大きな息をつき、一人で親指を立てる。取りあえずよかった。

「おまえに連絡しようと思って、看護師が持ってた小塚のスマホ、出してもらったんだ。話ができるようになったら、また連絡するから。じゃな」

そそくさと言い、切ろうとする。昨夜、和典に向けていた敵意や憎悪、憤りは欠片《かけら》もなかった。逆にどことなく後ろめたそうで、恥ずかしそうな気配が伝わってくる。おそらく本音を見せすぎたと思っているのだ。関係を修復するなら今だ。そう感じた。

「待てよ」

そばの手摺《てす》りに寄りかかり、体から力を抜く。自分の心を見つめ直し、それを表すのに的確な言葉を選び、照れや気恥ずかしさ、カッコをつけたいという気持ちを全部捨てようと努力した。

健斗と友達に戻りたい。

「あのさ、俺、おまえに謝らなくっちゃって、ずっと思ってたんだ。おまえが大変だった時に会いに行かなくて、何の助けにもなれなくてマジ悪かったって。今になってこんな事言っても、あんま意味ねーだろうけど、でも今からでも俺にできる事があれば、何でもするからさ、言ってよ」

返事は聞こえなかった。だが電話は切れていない。健斗は繋《つな》いだまま、ただ沈黙していた。

きっと答える決心がつかないのだろう。和典は、ここで性急に結論を手に入れるのを諦めた。

「小塚のスマホに南橋家の電話番号入ってたら、俺に送っといて。じゃな」

そう言って、切る。顔を上げれば、生き字引の姿はどこにもなかった。話が長くなりそうだと感じ、引き上げたのだろう。助かったと思いながら、製紙工場の展示部分を出て、歴代の当主の遺品と収集品を集めた陳列ケースの前を通り過ぎる。何気なく視線を向けたガラスの向こうに、一本のナイフがあった。象牙の柄がついており、そばには蜥蜴《とかげ》革の鞘《さや》が置かれている。思わず足が止まった。

ケースに近寄り、ガラス越しに見れば、やはり健斗の持っていたのと同じボウイナイフだった。島坂史郎と彫られていた部分には、同じ字体で村上聡介とある。あの建物の取り壊しに反対していたという先代、祠を造った創業家第十六代当主だった。

和典は、まじまじとそのナイフを見つめる。Made in USAと書かれている部分も、名前を刻んである場所も、まったく同じだった。偶然であるはずはない。村上聡介と、健斗の曾祖父島坂史郎には何らかの関係があったのだ。

どういう関係だろう。三住グループ創業家の先代当主と、その傘下にある製紙工場の警備員では、繋《つな》がりがまるで見えない。和典は急いで小塚のスマートフォンに電話をかける。まだ健斗が持っているはずだった。

「何だよ」

健斗の声が聞こえ、ほっとする。

「係員に預けたおまえのナイフだけどさ、あれについて何か聞いてないか。曾祖父《ひいじい》さんが、どうやって手に入れたとかさ」

健斗は黙りこみ、しばらくして自信のなさそうな声を出した。

「あんま覚えてねーけど、曾祖父さんが出征するって決まった時、武運長久を祈って誰かがくれたって話だったと思ったな。無事に戦地から戻れたのは、あれが守ってくれたからだって祖母《ばあ》さんが言ってた気がする」

戦時中は、敵国製品は手に入らなかっただろう。あのナイフは開戦より前に、聡介が入手したものに違いなかった。もしかして二本がセットになっていたのかもしれない。史郎の出征に当たって名前を入れて贈り、もう片方を自分が持っていた。そうだとすれば、かなり強い関係なのだ。

「サンクス。南橋家の電話番号の件、よろしく」

電話を切り、健斗からの着信を待ちながら別館を出た。先代の村上聡介、様々な所で絡《から》んできているこの人物について調べる必要がありそうだ、そう思いながら渡り廊下に差しかかる。大きなガラス窓の向こうに、村上総の後ろ姿が見えた。和式庭園の方に向かっている。珍しく一人だった。本音を聞けるチャンスかもしれない。和典は大きく息を吸いこんだ。よし男は度胸、当たって砕けろだ。

2

渡り廊下のドアから庭に踏み出す。正午近くの太陽が凶暴なほどの光を放っていた。風もなく雲もない。頭の上から圧倒的な熱で炙《あぶ》られていると、自分の体が塩を振られた蛞蝓《なめくじ》のように縮んでいく気がした。スマートフォンの着信音を消し、村上の後を付ける。

石段を上って和式庭園に踏みこみ、坂道を経てたどり着いた先は、あの祠《ほこら》だった。村上は、その前に佇《たたず》み、両手を合わせて黙禱《もくとう》する。その時間の長さから、籠める思いの深さが伝わってきた。しばらく待っていたが、いっこうに終わる気配がない。ここで声をかけない方がよさそうだと判断し、和典は引き返した。洋式庭園で待ち構える事にする。

坂を降りながらスマートフォンを出し、南橋家の電話番号が届いているのを確認した。石段を下り洋式庭園に足を踏み入れてから、木蔭《こかげ》で電話をかける。

「もしもし南橋さんですか。先ほどうかがった上杉ですが」

突慳貪《つっけんどん》な返事が返ってきた。

「ああ昼なんか、もうあらへんよ。私が食べてもうたわ」

急に空腹を感じる。どこかで何かにありつかないと、エネルギーが切れそうだった。

「まったく玲奈も、根っから帰って来よらへんし」

不貞腐《ふてくさ》れているらしい。子供のような婆《ばあ》さんだったが、どこかかわいらしい感じがしないでもない。


「すみませんでした。あの、伺いたい事があるんですが、長岡京女学校ってご存知ですか」

背筋を一気に伸ばしたような張りのある声が聞こえた。

「長女《ながじょ》は、私の出身校どす。ええ学校どした。今は男も入れるように変わりはって、長岡京高校ゆうてますが、そんせいで質がだいぶ落ちよりました」

なかなか手厳しい。OGとしては、出身校の学力低下を憂えずにいられないのだろう。

「戦時中は、その長岡京女学校の生徒が三住製紙で働いていたって聞いたんですが、お知り合いの方はいませんでしたか。どんな作業をしていたかを知りたいんですが」

老女は、呆《あき》れたような口調になった。

「あんたはんも、けったいな子やな。昨日の子ぉらも、古い巣がほしいとか、ようけわからん事ばっか言わはって。いろんな事聞きたいんやったら、今月夏祭りがあるよって、そこに来たらええんとちゃいますか。ようわかりはるよってになぁ。そんでも、」

話がずれていく。和典は急いで引き戻しにかかった。

「はい時間が許せば、ぜひ。ところで、工場で働いていた生徒の中に、お知り合いがいませんでしたか」

老女は、軽い笑い声を立てる。

「そら、ようけおったわなぁ。友だちの姉さんらが皆、働いとったんやから。その頃の子供の数ゆうたら、一軒に数人は普通や。姉さんが三人おって、皆、あの工場に行っとったちゅう家も、珍しくありゃおへん。せやけんど工場で何してはったかは、わからへんな。戦時中、工場でしよる事は箝口令《かんこうれい》が敷かれとったさかいに、家族にもしゃべらへんのや。特に長女生ゆうたら、規律正しく清い娘で有名や。規則に反するような事は、絶対にしよらん」

まぁギリシャ神話でも正義の神は女だし、と和典は思う。ぎちぎちにルールを守って、そこに達成感を見出《みいだ》すのは女の特性かもな。

「でも今年で戦後七十二年ですよ。さすがに時効でしょう。もう話してもいいと思いますが」

老女は、長い溜《た》め息をついた。

「そりゃそうや。ほんでも皆、死んでしもうたでな」

生き字引の話では、集められた生徒は三百人という事だった。十三歳から十六歳として、今なら八十代後半になる。女性の平均寿命を考えても、全員が死んでいるというのは不自然だった。

「ちょうど五十代から六十代に差しかかる頃、皆、肺を病みよったんや。この辺じゃ三住病院が一番大きいし、安く診てくれるんで、たいていそこに入院しよったが、誰も助からへんかったなぁ」

和典は、あの丘の上の墓地で見た昭和五十年代後半からの死者の多さを思い出す。この老女の夫もあの工場に勤めていたという話だったが、確か六十歳で死んでいた。

「その頃、このあたりじゃ肺を病む者が多てな。うちの祖父《じい》さんも肺癌《はいがん》やったし」

癌なら、風土病でも流行病でもない。工場での作業が原因なのだろうか。だがそれなら医師や病院側が気づくだろうし、工場でも対策を講じているはずだった。

「肺の病気で亡くなったのは、工場で働いていた人たちだけですか」

嘆きのような返事が聞こえる。

「いんや、そうとも言えしまへん。そら確かに工場の人たちもそうおすが、そうでない人もおりますよってにな」

原因は何だろう。首を傾《かし》げながら目を上げると、和式庭園の木々の間に村上の姿が見え隠れしていた。坂を降りてくる。

「ありがとうございました。玲奈さんには連絡して、お祖母《ばあ》さんが心配していると伝えておきます。それでは失礼します」

一方的に言い、電話を切った。坂を降り切った村上はそこにある石段を下らず、石垣の上を東に歩いていく。和典は偶然を装ってその前に出ようとした。洋式庭園の芝を突っ切り、大噴水の脇を駆《か》け抜けて並木の中に入る。そこを出た所に、和式庭園に通じるもう一つの石段があるはずだった。並木の端で止まり、息を整え、汗を拭いながら石段の方を窺《うかが》う。やがてそこを降りてくる村上の姿が見えた。気づかぬふりで並木の陰から踏み出す。

「やぁ、上杉君」

和典は視線を上げ、偶然ですねと言おうとした。

「真昼の全力疾走は、何のためだ」

見られていたらしい。体中から冷や汗が噴き出す思いだった。しかたなく腹を決める。

「あなたに、偶然的接近遭遇をするためです」

村上は、愉快そうな声を上げた。

「ほう、未知との遭遇か。あれは一九八二年に、俺の局が日本でテレビ初放映した。見たかね」

テレビ局にいただけあって、映像作品には詳しいらしい。

「いえ、まだ生まれてません。僕は、平成十五年生まれですから」

村上は、眼鏡の向こうのガラス玉のような目をわずかに細めた。

「平成っ子か。若い奴《やつ》がどんどん出てくるな。頼もしいがね。で、俺に何の用だ」

ほしいのは、村上の父聡介に関する情報、それに祠や工場内にあるあの古い建物についても聞きたかった。どうやって引き出していくか。和典は、自分が持っている武器を数える。二つしかなかった。一つは、村上が和典を子供だと思い、甘く見ている事。二つ目は、聡介と健斗の曾祖父を繋《つな》ぐナイフの存在を知っている事。この二つをうまく使うしかなかった。

「さきほど村上記念ホールを見てきました。先代の村上聡介という人は、あなたから見てどういう人でしたか」

村上は、空中に視線を投げた。背伸びをするように踵《かかと》を上げ、ゆっくりと地面に降ろす。

「正直、よくわからんね。昔の男は、自分というものを語らなかった。子供と一緒に過ごす時間も、朝食の時くらいだ。確実なのは、俺の親父《おやじ》は自分の子供を家の後継者としてしか考えていなかったって事だね。人間より家の方が何倍も大事だったんだ。子供は家を存続させるためにいるようなものさ。まぁ明治生まれだし、当時の考え方とすれば普通だろうが」

表情のない眼差《まなざし》に微《かす》かな笑みが浮かぶ。皮肉げにも、哀《かな》しげにも見えた。

「俺は一粒種だったから、家を全部一人で背負いこまなければならなかった。そりゃ大変なもんさ。後継ぎが生まれないからって二度も離婚させられたよ。三度目がなかったのは、親父が死んだからで、生きてたら何度結婚する羽目になっていたかわからんね。子供が生まれないのは、女の腹が悪いって認識だったからさ。まったく非人間的な人生を送ってきたが、今になって時々、親父の生涯も似たり寄ったりだったんじゃないかと思う事がある。創業家に生まれた宿命といったところだ」

しみじみと言い、しばらく口を噤《つぐ》んでいたが、やがて自分の思いを切り捨てるようにきっぱりとした目をこちらに向けた。

「以上だ。それじゃ」

興味深い話だった。村上聡介は、家のために何をも犠牲にして顧みない人間だったのだ。あの祠も、工場内の古い建物の取り壊し反対も、あのナイフを贈ったのも、すべて家のためだったのかもしれない。

「ありがとうございました。もう少し伺いたいんですが」

どこから切りこもうかと考える。小手先で誤魔化せる相手ではなさそうだった。真面《まとも》にぶつかるしかない。よし、順番に行こう。

「この上の和式庭園にある祠ですが、なぜ早良親王《さわらしんのう》を祀《まつ》ってあるのか、ご存知ですか」

村上は身震いした。和典の目にもはっきりとわかるほど強い、心の底から湧き上がってくるような震えだった。一瞬でその全身を走り抜け、和典が驚いている間に消えていった。

「いや、知らない」

微動もしない目で、こちらを見る。

「あそこにあるのは崇道天皇《すどうてんのう》の祠だと聞いている。燈籠《とうろう》にも、そう書いてあるだろう。何だね、早良親王というのは」

恍《とぼ》けやがった、そう感じた。あれほど長い時間、手を合わせていた人間が、崇道天皇の生前の名前を知らないはずはない。

「そうですか。じゃもう一つ」

知らない振りをしたのは、痛い所に触られたからだろう。では次は、どう出るのか。

「村上記念ホールで図面を見たのですが、三住製紙長岡京工場には、昭和十六年に計画された古い建物がありますよね。あそこでは、何を作っていたのですか」

村上の目の中を、細い光が横切る。何かの切っ先のようなその鋭さは、敵意と言い換えてもよさそうだった。

「さあ、わからんね。現場には、顔も口も出さない主義だ」

浮かべた笑みは、目に灯《とも》っている敵愾心《てきがいしん》に照らされ、暗い輝きを帯びている。村上は、和典を見る目を変えたのだ。もう油断しないだろう。和典は武器の一つを失ったのだった。

「どうせなら、俺にわかる事を聞いてくれよ」

挑発され、和典は後に引けない気分になった。よし聞いてやる。和典に残されたただ一つの武器、それは村上にとって、恍けも逃げもできないもののはずだった。

「僕と一緒にここに来た同級生、小林健斗ですが、彼は、あなたの知っている人の孫です」

村上は眉を上げる。平然とした表情の奥に、苛立《いらだ》ちが見え隠れしていた。

「だから何だね。君の言いたい事を、はっきり言ったらどうだ」

和典の意図が読めないのだろう。先の二つの質問と相まって、不安を感じ始めたのに違いない。つまり和典は今、村上の心を動揺させるカードを確かに握っているのだ。自信が生まれ、そこから冷静さが滴《したた》り落ちてきて心を潤す。大人の男から敵意を向けられながら、これほど落ち着いた気分でいられたのは初めてだった。

「僕に言いたい事はありません、ただ聞きたい事があるだけです。それは、あなたの父親の村上聡介と島坂史郎について」

村上は、信じられないといったような表情になった。その顔に、受けた衝撃の深さがくっきりと刻まれている。和典は、このままいけると思った。ここで一気に突き崩そう。

「二人の関係が強いものであったことは、二本のナイフからわかりました。小林健斗は、実はあなたの幼馴染《おさななじ》みだった島坂洋子の孫、島坂史郎の曾孫《ひまご》に当たります」

体を強張《こわば》らせた村上は、堰《せき》を切って押し寄せた濁流に吞《の》みこまれていく人間のようだった。身じろぎもせずに突っ立ち、無言のまま流されていく自分の心を見つめている。

「でも僕は、それを知っていて健斗を連れてきた訳ではありません。偶然そうなったのです」

村上は、背後にある和式庭園を振り返った。赤い屋根の祠を仰ぐ。きつく結ばれた唇から、呻《うめ》くような声がもれた。

「呼んだのか」

和典には、そう聞こえた。恨みの籠《こも》った深い声だった。

「呼び寄せたんだな」

祠に向かって放たれたのだから、早良親王への恨み言だろう。話の前後から察すれば、呼んだのは早良親王、呼ばれたのは健斗という事になるが、脈絡がまるでわからなかった。戸惑う和典の前で、村上は胸ポケットからスマートフォンを出し、画面を払って耳に当てる。

「俺だ。和式庭園の祠を取り払うよう業者に連絡してくれ。今すぐだ」

カッターと異名を取ったという現役時代を彷彿《ほうふつ》とさせる即決ぶりだった。

「神主も坊主も無用、呼ばんでよろしい。祀っただけの価値がなかったようだからな」

電話を切り、スマートフォンをポケットに収めて階段を降り始める。和典は追いかけ、石段を降り切った村上の前に回りこんだ。逃がすか。

「二人の関係を教えてください」

そう言った瞬間、村上の目から緊張が消えた。先ほどまでの動揺が静まっていく。和典は、自分が間違えた事に気づいた。質問の方向が違ったのだ。だが、これ以外の何を聞けばよかったのだろう。追いこんで本音を吐かせ、謎を解くためには、どこを目指せばよかったのか。まるで見当がつかず、そのまま突き進むよりなかった。

「洋子さんは、辛い立場にあります。父親である史郎さんに誘拐の嫌疑がかけられ、五歳でこの地を離れてからご苦労されたようですが、今はいっそうお気の毒な状態です。娘さんが夫に病死され、再婚したのですが、この男が保険金殺人を企《くわだ》て、娘さんと二人のお孫さんを殺害したのです。ただ一人残ったのが健斗で、自分の身に起こった不幸から立ち直ろうと苦しんでいます。それを見ている洋子さんもです」

夜の電車の中で黒木が言った言葉が脳裏をかすめる。こちらに勝ち目があるとすれば、村上氏の年齢だ。自分の人生の見直しにかかっているとしたら、ちょうどいい、利用しようぜ。

「あなたの父親である村上聡介は、洋子さんの父親の史郎が出征する折にナイフを贈って励ましています。こんな状態にある事を知ったら、きっと助けたはず。同じ厚意を、あなたに期待する事はできませんか。それが無理なら、二人の関係だけでも健斗に教えてやってください。自分の曾祖父と有名企業グループ創業家当主との強い繋《つな》がりは、社会から落《お》ち零《こぼ》れそうになっている健斗にとっても、それを心配している洋子さんにとっても、きっと励みになるはずです」

村上は、深い息をついた。

「実弟だ」

3

目覚めてしばらくの間、和彦はぼんやりしていた。次第に意識がはっきりしてきて、医師の問診に答えられるようになる。体は重く怠《だる》かったが、気分はそれほど悪くなかった。医師が出ていくと、入れ替わりに健斗が入ってくる。ドアの脇に置かれていた小さな丸椅子を引き寄せ、ベッドのそばに置いて腰を下ろした。しばらく黙っていて、やがて目を背けたままつぶやく。

「ごめんな」

背中を丸めて大きな体を縮め、首を引っこめている様子は、まるで長亀《おさがめ》のようだった。亀目の最大種で体長二m、体重六百kg程になる。フロリダの水族館で見て一目惚《ひとめぼ》れした事を思い出し、和彦はおかしくなった。

「いいよ、大丈夫だったんだから」

そう言いながら気になっていた事を聞いてみる。

「あの蜂の巣、どうするつもりだったの」

健斗は腕を組み、天井を仰いだ。思い返すような表情で、じっと一点を見つめる。

「あれで、夢を叶《かな》えようと思ってた。俺、過去に縛られてるって前に言ったろ。俺の家族は、法律を無視した奴《やつ》に踏みにじられた。俺は、そこに縛られてるんだ。そんな目に遭ったのに、何で俺だけが法律を守ってなきゃならないんだ。法律なんか無視だ。俺はもう下層に転落しちまって、先がない。だから自分の人生なんか捨ててもいいって本気で思ってる。でも無駄に死にたくない。昔は、英雄と呼ばれて伝説になりたいって考えてたけど、もうそこまでは望まない。せめて多くの人の役に立って、意味のある一生だったと思いたいんだ。生まれてきた意義があったって。そう考えると、今の俺にできるのは、金持ちの遺産を国家に流しこむ事だけだからさ」

複雑に入り組んだ心境は、和彦にはわかりかねる部分もあった。だがその底を流れる健斗の気概は男として理解できる気がしたし、自分の未来に絶望しながらも社会に貢献しようとする気持ちは敬服に値すると思った。まだ息が苦しかったが、何とか自分の気持ちを伝えようと力を振り絞る。

「君の味わった苦痛は、価値のあるものだよ」

健斗は驚いたように、こちらを見た。

「その痛みを知ったからこそ、できる何かがあるはずだし、そういう力を持った君になったんだから自分を投げ捨てちゃだめだ。だって僕らは、生きてるんじゃなくて生かされてるんだもの。

今の君の命も、自分で作ったものじゃないだろ。といって親が作ったんでもない。そういうプログラムが組みこまれて生まれてくるんだ。生まれた命は器のようなもので、中に何を入れるかは自分で決める。自分らしい満たし方をするんだ。それが人生になる。僕は思うよ、あの事件が君の未来にとってプラスになるような道を、これから捜していけばいいんじゃないかって。手伝えるよ、僕も上杉も黒木もね」

健斗は、泣きそうな顔になった。

「家族を亡くしても、夢が叶わなくても、そこで終わりじゃない。諦《あきら》めずに進んでいけば、きっとまた違う幸せを見つけられる。聖書の中に、そう書いてあるもの。僕は信者じゃないけど、困った時は神頼みっていうだろ」

健斗は体を前に倒し、俯《うつむ》いてベッドの端に額を押し付けた。そのまま動かない。和彦は口を開き、大きな呼吸を繰り返した。話し過ぎたらしく、頭から血が引いていくような気がする。眩暈《めまい》を感じながら、突然、思い出した、急いでやらなければならない事があったのだと。

「あの小林君、悪いけど、僕のスマートフォンで上杉に連絡とってくれないかな」

健斗は、一気に体を起こす。真っ赤になった顔で猛然と怒鳴った。

「てめー、空気読め。俺が泣きそうになってるこの状況で、よくもそんな無神経な事が言えるな、鉄面皮」

4

実弟と言った村上の言葉に、意表を突かれた。和典は返事に窮し、ただ村上を見つめる。

「村上家の家訓は、二つだった」

足を遊ばせるようにして村上は、ゆっくりと階段を降り始める。

「一つは事業の発展、もう一つは高貴な血を取りこむ事。商人から身を起こした村上家が、どれほど経済的に躍進しても、所詮《しょせん》は成り上がりとして軽視される。それを避けるためには、結婚で皇族や華族と血を混ぜ、また由緒正しい血統に村上家の人間を潜りこませて一族を作っていくしかないと考えたんだ。島坂家は平安時代から続く名門で、皇族の血も受けていると言われていた。その血統が明治後半に絶えそうになったのを知った時、村上家ではすぐ養子を出した。三歳の史郎だ。私の父聡介の下の弟に当たる。だがその後間もなく、島坂家当主の放蕩《ほうとう》が明らかになったんだ。家屋敷《やしき》など不動産はすべて抵当に入っていて、それだけでは充当しきれないほどの借金を抱えていた。それほど金を借りられたのは、その名前が高名だったせいもあるが、当主が、借金の弁済は村上家がすると豪語していたからだった。島坂家当主は血統を誇り、同時に金銭を軽視し、商人から興った村上家を見下し、自分の家の金蔵と言っていた。史郎についても、もらってやったという態度だった。事情がわかった時、村上家当主はその借金を黙って引き受け、全部清算した。その後で、島坂家に絶縁を宣告したんだ。両家の関係を示すあらゆるものが破棄され、村上家では使用人まで含めて島坂の名前を口にする事が禁じられたそうだ。史郎は島坂家に取り残される形になり、そのまま成長した。昭和十六年に太平洋戦争が起こった時には当主も代替わりしていて、厳しい空気もやや緩和され、史郎の徴兵を知った聡介はこっそりナイフを贈ったと聞いている。自分が持っていた二本セットの中の一本だ。史郎は感激していたそうだ。彼が復員してきた時、当主になっていた聡介は、製紙工場の職を世話した。史郎は兄の情に胸を打たれたようだが、聡介は先にも言った通り、家を第一に考える人間だった。戦中戦後は男の数が著しく少なかったから、今後の村上家のために史郎という人材を取りこみ、利用しようと考えていたのだろう。ところが三ヵ月も経《た》たずにあの事件が起こったんだ」

長い時間の流れの中で、多くの人々の気持ちと思惑が交錯する重い話だった。

「君の友人小林健斗、およびその祖母についての事情は了解した。そういう事なら、私にとっても親戚に当たる。援助はするつもりだ。そのように伝えておいてくれ。それじゃ」

足早に歩み去っていく村上の後ろ姿を見送る。謎は残されたままだった。だが健斗の未来は開けたのだ。それは何より素晴らしい事のように思えた。すぐ連絡してやろう。ズボンの後ろポケットからスマートフォンを抜き出し、握ったとたん、それが震え出した。

「俺だ。小塚が話せるようになった。今、代わるから」

一気に言った健斗の声が遠のき、小塚の苦しげな息遣いが耳に流れこむ。

「心配かけてごめん。何とか回復中だよ。急いで頼みたい事があるんだ。僕の部屋にある蜂の巣、顕微鏡にセットしてある分も含めて、すぐ分析機関に持ちこんでほしい。日本作業環境測定協会のホームページを見れば、この近くにある分析機関の住所や連絡先がわかるから、急いで」

いつもおっとりしている小塚が、急いでという言葉を二度も繰り返すのは異例だった。ショック状態でしきりに言おうとしていた何かとは、おそらくこの事だったのだろう。

「わかった。わかったから落ち着け。分析って、巣の分析か」

小塚は途切れがちな細い声で、懸命に話を繋《つな》ぐ。

「巣に絡《から》まっている繊維の分析だよ。そのせいで蜂は、巣を作り直さなきゃならなくなったんだ。僕が想像するに、その繊維はおそらく石綿《アスベスト》だ」

息が詰《つ》まるような気がした。アスベストは天然の鉱物繊維で、吸いこむと肺に刺さり、悪性中皮腫や肺癌《はいがん》を引き起こすといわれている。発病までの時間が長い事から、静かな時限爆弾とも呼ばれていた。日本に輸入されたアスベストの九割近くが建材に使われ、その建物は全国で三百万棟以上、国の対策が充分でないことから今後大きな問題になっていくとの報道番組をテレビで見た記憶がある。

「吹き付けアスベストが使用禁止になったのは一九七五年で、それ以前の建物には普通に使われていた。衝撃を加えると、飛散する。衝撃以外にも経年劣化、つまり古くなると飛散し出すことがある。放棄された巣の方向から考えて、発生源は三住製紙工場だと思う。工場内には、一九四三年前後に建築された部分が現存してるみたいだから、きっとそこだよ」

　脳裏に、あの古い建物が浮かび上がる。まるで稲光にでも照らされたかのように鮮明だった。

「そうだとしたら、その建物内で働いていた人たちはもちろん、あたり一帯の住民にも相当な被害が出てるはずなんだけど」

　高台の墓地を思い出しながら、計算する。アスベスト被害の潜伏期間を、スマートフォンで撮影した墓石の死亡年月日から引き、吸入時期を出した。一九四〇年代後半からだった。あの建物ができ上がったのは一九四四年、その後、操業のために人が入ったと考えれば、時間的にほぼ合致する。建物の内部で何かが起こってアスベストが飛散、それを吸いこんだり、建物から流出したものをこのあたりの住民が吸入して肺を病んだのだ。このままにしておけば、被害は広がる一方だろう。

「わかった。すぐ動く。ああ小塚、病身なのに頼んで悪いけど、できれば健斗、そこに引き止めといてくれ」

　了解の返事を聞きながら、一番効率のいい方法を考える。やはり三住のトップに君臨する村上を動かすのがベストだろう。和典は走って本館に戻り、出入り口近くにいた係員を捕まえた。村上の内線番号を尋ねる。それは教えられないとの事で、係員が電話をかけ、出た村上の意志を確認してから、受話器を和典に差し出した。

「どうぞ」

和典は、製紙工場にアスベスト飛散の疑いがあると話す。電話の向こうの空気が、一気に緊張した。

「証拠は」

小塚の部屋にある蜂の巣を分析すれば出てくると答える。村上は即、電話を切った。相当焦《あせ》っているのだろう。

村上が動けば、すぐにでも飛散を止められる。和典は重荷を下ろした気分になった。製紙工場としては今後、補償問題にも対処せねばならないだろう。色々と大変そうだと考えながら、先ほど聞いた村上の言葉を思い返す。

聡介と史郎は実の兄弟。戦後、史郎は誘拐犯として姿を消し、同時期に聡介は祠《ほこら》を作り、崇道天皇を祀《まつ》った。崇道天皇の生前の名前は早良親王で、桓武天皇《かんむてんのう》の実弟。兄の桓武天皇を恨んで祟《たた》りを残した。聡介はその早良親王を祀り、祟りを防ぐ御霊会《ごりょうえ》を執り行っている。

もしかして、それは現実の準《なぞら》えだったのではないか。ふっとそんな気がした。桓武天皇と早良親王のような出来事が聡介と史郎の間にも起こり、聡介は史郎に恨まれていた。しかし極秘にしなければならなかったため、同じ立場だった早良親王を祀り、鎮める事で、史郎の恨みを躱《かわ》そうとした。高みに祠を造って奉り、それが別荘を隠してしまう設計にするほど身を屈したのは、史郎の気持ちを慰撫《いぶ》し、村上家に災いを及ぼすのを避けるためだったのではないか。

和典は身をひるがえし、和式庭園への石段を駆け上がった。坂を上り詰め、祠に向かう。途中で作業服姿の二人と、別荘の係員を追い越した。祠を取り壊す打ち合わせに来たのだろう。いっそう足を速めて祠の前に立つ。その扉を開け、中から神札を摑《つか》み出した。崇道天皇と書かれているその懐紙を開け、中を見る。和紙でできた形代が一枚入っており、裏には、墨文字で島坂史郎とあった。

木々の向こうから足音が近づいてくる。和典は急いで神札を戻し、その場を離れた。やはり二人の間には何かがあり、聡介は史郎の祟りを恐れていたのだ。和典が二人の関係を聞いた時、村上が急にほっとした様子を見せたのは、そのためだ。聞かなければならなかったのは二人の関係ではなく、二人の間に何が起こったのか、だ。それこそ村上が、何としても隠したかった事、誰にも知られてはならないと思っている事実なのだ。それはいったい、何なのか。

ポケットでスマートフォンが震え出す。取り出してみると、玲奈からだった。

「あの、黒木君から伝言です」

和典は眉根を寄せる。自己嫌悪で胸が痛い。

「黒木、出せよ」

息を吞《の》む気配が伝わってきた。黒木の機嫌は、かなり悪いのだろう。身構えていると、やがて低い声がした。

「何だ」

その響きから、心情を推し測ろうとして耳を澄ます。

「俺に何の用」

黒木の傷がどのくらい深いか、つまり自分がどれほど許されないのかを知りたかった。無理矢理、突っかかる。

「おまえさぁ、自分の用事に、女、使うなよ」

皮肉な笑いが、耳に忍びこんだ。

「今、昼飯食ってたから、ちょっと頼んだだけだよ。何マジ切れしてんの」

本当か、それともカッコをつけているだけか。

「別に切れてないし。伝言って何だよ」

黒木の溜《た》め息が聞こえた。

「こっちに来られるか」

そう言われれば、行くと言うしかない。断れば、黒木との関係がさらに悪化するに決まっていた。

「行ける」

黒木は住所を言い、場所を説明し始める。的確で機能的だった。ほんの少しの感情も交えない声からは、閉じている心と、距離を取ろうとする意志が感じられる。傷を見せまいとしているのだろう。和典は気づかない振りをした。自分たちの間に横たわる溝を、どうすれば埋められるのか。いっそガチで謝ってしまおうか。いや、それじゃ軽すぎるだろ。謝ってすむ事なのか。ごめんなさいですむなら警察はいらないって話だ。どうすればいいのかわからないまま、なお知らない振りで話し、電話を切る。

黒木から聞いた住所をスマートフォンで検索し、別荘を出た。途中のコンビニでハンバーガーを買い、食い付きながらＪＲ京都線の向日町駅《むこうまちえき》まで歩く。食べ終えたハンバーガーの包み紙をジーンズの後ろポケットに捻《ね》じこんで電車に乗り、京都駅で地下鉄に乗り換え、五条で降りた。

観光客で埋まった道路は、東に向かうにつれていっそう混雑し、五条大橋を越えると、まるで原宿の竹下通りか六本木のアマンド前交差点のようだった。坂の下あたりでは、上る観光客と降りてくる観光客が搗《か》ち合い、車道にあふれ出て、交通整理の警官が絶え間なく大声を上げている。照りつける太陽とアスファルトの反射に炙《あぶ》られた空気に、さらに熱を注ぐかのような必死な声だった。

警官も大変だと思いながら、横に広がって歩いている団体の間をすり抜け、向こうからやってくるカップルを躱《かわ》し、不規則にうろつく子供に足を取られそうになりながら、ひたすら急いだ。額や顎《あご》から流れ落ちる汗を、手の甲で拭う。

言われた住所の近くまで来て、黒木の言葉を思い出した。確か、表通りから一本北に入った道の左手にある陶器店だった。店を捜して歩く。この辺だろうと思いながら見回していると、二、三軒先にある店の軒下に黒木の姿があった。

迎えに出ているとわかり、思わず微笑《ほほえ》む。黒木はそれに応えず、無表情のまま店舗に隣接した格子戸の中に入っていった。和典は歩み寄り、開いたままの戸から中をのぞく。薄暗い奥に向かって土間が続き、途中に暖簾《のれん》がかかっていた。中に踏みこんでそれを潜《くぐ》る。右手に三段の階段があり、黒木が立っていて襖《ふすま》を開けた。向こうは六畳ほどの座敷《ざしき》で、座卓を挟んで玲奈と中年の男性が向き合っている。座卓の上にはハンカチが広げられ、そこにあの陶器の破片が載っていた。

「友人の上杉です」

中年男性にそう言ってから黒木は、和典に目を向ける。

「ここの御主人で高校教師、陶芸の研究家でもある出柳《でやなぎ》先生だ」

穏やかな容貌の出柳に、和典は挨拶をし、勧められた座布団に腰を下ろした。

「今、返事待ち」

黒木は視線を伏せ、座卓の上の破片を捉《とら》える。

「大学の窯業《ようぎょう》考古学の教授に問い合わせてくれてるんだ」

そんな微細な研究分野がある事を初めて知り、若干驚いた。出柳はにこやかな表情で陶器を取り上げる。

「さっきも話したんだが、これは間違いなく清水焼だ。それに」

和典の方に向け、その端を指差す。

「ここに僅《わず》かに残っている金の刻印、これは重要無形文化財保持者つまり人間国宝の小坂辰二先生のものだと思うんだが」

じゃもしかして、これって、お宝なのか。

「それにしては腑《ふ》に落ちない点がある。それで今、問い合わせているところなんだ」

意外な価値があるかもしれないと考えて、和典は色めき立つ。直後に黒木が水を差した。

「壊れてるから、価値は全くない」

思わずにらむ。黒木は素知らぬ顔で横を向いた。出柳の胸ポケットで携帯電話が鳴り出す。二つ折りを伸ばして耳に当てる様子を見ながら、話が終わるのを待った。

「え、あるんですか」

ひと際、高い声で言って、出柳は活気づく。

「へぇ備前焼ですか」

何があったのだろうと思いながら和典は、子供のように無邪気な輝きを放つ出柳の目を見ていた。どんな研究者も、オタクなんだろうなと考える。自分も、もし数学畑に入り、その分野に心血を注ぐようになったら、きっとオタク化するだろう。寝ても覚めてもその事しか考えず、他のどんな興味も持たず、それだけで自分の世界と人生を埋め尽くしてしまうだろう。

「ありがとうございました。お忙しい中、お時間を取らせてしまって申し訳ありませんでした。近く、ゼミの謝恩会の件で連絡させていただきます。ではまた」

電話を切り、出柳は感慨深げな表情で座卓の上の欠片《かけら》を見た。大きな息をつき、世紀の大事件でも発表するかのように口を開く。

「結論から言えば、これは手榴弾《しゅりゅうだん》の一部だ」

その場の皆が唖然《あぜん》とした。

5

「昔、同じものを見た事がある。間違いない」

玲奈がつぶやく。

「何で手榴弾《しゅりゅうだん》が、製紙工場にあったんですか」

出柳は黙りこんだ。和典は舌打ちしそうになる。おまえ、陶芸の研究家に答えられっこない質問をするな、失礼だぞ。そう言いたかったが、言う訳にもいかない。やむなく出柳から情報を得られそうな質問を考え、玲奈の問いの上に押し被《かぶ》せた。

「でも、これ、陶器ですよ」

本物の手榴弾を見た事はなかったが、鉄やジュラルミン等、金属のイメージがある。

「ああ日本では」

出柳は、ようやく自分の海に戻った魚のように生き生きとした。

「一九四四年から陶器製の手榴弾を作るようになったんだ。着発信管で、投げて何かにぶつかると同時に爆発するタイプだ」

一九四四年といえば、終戦の一年前、敗色が濃くなってきていた時期だった。金属が圧倒的に足りなかったはずで、手榴弾も陶器で作るしかなかったのだろう。

「日本中の多くの窯元が、それに協力した。清水もだ。さすがに人間国宝は手を出さなかったんじゃないかと思って問い合わせたんだが、備前焼の人間国宝が手榴弾を作っていたという記録があり、そのものが保存されているそうだ。清水焼の小坂辰二が作っていても、おかしくない」

まじまじと、その破片を見つめる。

「全国の各窯元が作った手榴弾は、埼玉県の工場に集められ、そこで火薬を詰《つ》めて陸軍に納入されていたんだ」

中が焦げているのは、爆発したからだろう。その破片があの場所にあったという事は、あそこで爆発したのか。それとも別の場所で破裂し、この欠片《かけら》だけが飛びこんだのか。発見時の黒木の弁によれば、ほとんど地面にめりこんでいたという事だった。外から飛びこんだとは考えにくい。だがなぜ、あそこに手榴弾があったのか。そしてどうして爆発したのか。これ以外の部分は、どこに行ったのか。

「ありがとうございました」

黒木はハンカチで欠片を包み、摑《つか》んで立ち上がる。和典も腰を上げた。玲奈も丁寧にお礼を言い、一緒に出柳家を後にする。家から一歩出た途端、煮え返るような暑さに包まれた。自分の体が一気に、気化していくような気がする。

「こっちの道の方が、観光客が少ないから」

玲奈の案内で裏道を駅に向かった。誘拐されたという由紀子は、玲奈の祖母の妹に当たる。玲奈もこの事件の関係者と言えた。話してもいいだろうと判断し、和典は事情を打ち明けつつ村上記念ホールでの発見と、村上との会話を報告する。黙って聞いていた黒木がスマートフォンを出し、何やら検索し始めた。やがて顔を上げ、来た道を振り返る。

「この近辺にある分析機関は、京都ラボラトリー一社だけだ。今の出柳家の近くにある。ちょっと行ってみよう」

三人で引き返した。会社はすぐ見つかったが、出入り口のドアに、夏季休業中の張り紙があった。それを見ながら和典も、小塚に言われた日本作業環境測定協会のホームページから分析機関の一覧を捜す。ここを除けば、もっとも近くは大阪だった。

「今頃、大阪に連絡を取ってるよ、きっと」

黒木が、こちらを見る。

「それは、どうかな」

笑みを含んだ目の奥で、見る者の心に不穏さを掻《か》き立てるような光がまたたいていた。

「俺は、あの人を信じてない。おまえ、何で信じる気になったの。根拠は」

問われて戸惑う。早急に手を打てるのは村上以外にないと、ただ単純に思っただけだった。

「アスベスト飛散の証拠は、あの蜂の巣しかない。村上氏がそれを処分し、隠蔽する可能性については考えなかった訳か」

そう言われて初めて、自分が取り返しのつかない事をしたのだと気がついた。焼けるような後悔が胸を走る。

「俺たちは中学生だ。社会的信用がないから、この近辺の住民に訴えても真面《まとも》に相手にしてもらえるかどうかわからない。村上氏や三住グループを相手取って訴訟を起こせる立場でもない。しかも死亡した患者のカルテを持っているのは、三住系列の病院だ。村上氏が、それらを計算に入れないとでも思ったのか。甘いね、上杉」

広がった笑みの中心に恐ろしいほどの真剣さが居座り、こちらを見すえていた。

「このアスベスト飛散、握り潰されるぜ」

和典は口を引き結ぶ。自分の軽率さが恥ずかしく、顔から火が噴き出しそうだった。だが同時に、村上のモラルを信じたい気持ちも捨てきれない。三住の象徴を務める人間が、小悪党のような真似《まね》をするとは考えにくかった。

「納得できないのなら、させてやろう」

黒木は手にしていたスマートフォンの画面を払い、どこかに電話をかける。スピーカーフォンに設定し、和典の前に差し出した。そこから声がもれる。

「村上だ」

ホットラインを持っているらしい。それだけで、村上がどれほど黒木を大切にしているかがわかった。大切にするというより、三住の未来を担うアイテムの一つとして重要視しているといった方が正確かもしれない。

「上杉から聞いたのですが、アスベストらしい繊維が製紙工場近くの蜂の巣から発見されたとか。大変ですね」

うなるような返事が聞こえた。

「今、京都ラボラトリーで分析している。石綿《アスベスト》でない事を願ってるよ」

喉が干上がっていく。渇きは次第に内臓へと広がり、自分の全身が少しの水分もないほどカラカラに干涸《ひから》びていく気がした。

「結果が出たら教えてください。では失礼します」

電話を切った黒木が、仮借ない眼差《まなざし》をこちらに向ける。

「証拠は隠滅、飛散は隠蔽する気だろう。上杉おまえ、体を張って巣を確保した小塚に、どう説明するんだ」

責任を問われ、喉が詰まった。どうする事もできず、自分の卑小さを噛《か》みしめる。黙ってただ黒木を見つめ返すしかなかった。そのうちに、責められているのは巣の事だけではないと気がつく。黒木の目の底には、恨みと嘆きがあった。それは先ほど自分たちの間に溝を作った和典の不用意な言葉に向けられているのだった。

ここで謝ればすむのだろうか。それですむのなら、すませたい。このままいつまでも引きずっていく事に耐えられそうもなかった。謝るは一瞬の屈辱、引きずるは一生の後悔だ。

和典は思い切って両手を腿《もも》に置き、額が膝に付くほど勢いよく頭を下げる。宣誓するかのような大声を振り絞った。

「俺が悪かった。反省している。申し訳ない」

そのまま動かず、黒木の答を待つ。俎板《まないた》に載せられた鯉《こい》の心境だった。和典にできるのは、もうそれだけなのだ。どうとでもしてくれと思いながら息を吞《の》んでいた。頭に血が上り、背中が痛くなる頃、ようやく肩に手が載る。

「別の手を考えて何とかしよう、それしかない」

顔を上げると、和らいだ黒木の目が見えた。むしろ和典の方がまだ緊張している。

「何ともできなかったら、どうすんだ」

黒木は、片目をつぶった。

「二人で、小塚に謝るんだ」

許しの言葉に聞こえた。黒木は許したのだ。ほっとしながら、その瞳に宿っている煮詰まったような影を見つめる。哀《かな》しげに揺れているそれは、孤独と言い換えてもいいものだった。和典が与えた傷は、黒木の中でそういう形に結晶したのだ。その内側に入っていき、黒木の本心に触れる事はもうできないかに思われた。和典は奥歯を嚙みしめる。黒木の役に立ちたいと思っていながら、逆に孤立させてしまった自分の未熟さが、なんとも情けなかった。

「よかった」

嗚咽《おえつ》交じりの声に、驚いて振り返る。玲奈がその大きな目から涙を零《こぼ》していた。

「仲直りしてくれて、ほんとよかった」

こいつ、表面しか見てないな。そう思いながらコメントに困っていると、黒木が苦笑した。

「二人で南橋家を出てから、それぱっか言ってたんだぜ。仲直りしてください、上杉君と仲良くしてくださいって。ずっとだ。俺が、昼飯時だから何か食べるって聞いても、返事は、上杉君と仲直りしてください、だよ」

半ば驚き、半ば呆《あき》れながら玲奈を見る。何とかしますと泣いていたのは、どうやら策があっての事ではなかったらしい。ただ真正面から突っ張りを繰り出し、それを延々と続けてそれだけで黒木を土俵際まで追い詰めようとしたのだ。そんな無邪気な真似《まね》は、和典には到底できなかった。こいつ、絶対バカだ。

「おまえ、いい度胸だよな」

そう言うと、玲奈は濡《ぬ》れた目でこちらを見た。

「私、ほめられてるのかな」

ほめてねーよ。でも、結構かわいいとは思ってる。

「よし、こうしよう」

黒木がパチンと指を鳴らす。

「あの古い建物は、窓が破れてた。飛散したアスベストは、おそらくそこから外に流れ出たんだ。建物の中に入ってみれば、証拠が手に入るかもしれない」

希望を見つけた気がした。

「侵入して証拠を摑《つか》んで、新聞社に通報するか、村上氏を脅して行動させるかだな。小林、呼べよ。人手は多い方がいいし、一緒にいればあいつの監視もできる。小塚が目覚めたとなれば、動き出す可能性があるからさ」

和典は、小塚のスマートフォンに電話をかける。すぐ健斗が出た。

「小塚なら寝てるけど。急にしゃべって疲れたみたいなんだ。でも数値的には全然悪くなくて、順調に回復してるって」

どこから話そうかと考えながら、取りあえず急務であるアスベストの飛散に触れる。早く証拠を摑《つか》み、三住製紙側に防止策を取らせないと被害が大きくなるばかりだと強調した。

「わかった。手を貸す」

そう言ってから健斗は、躊躇《ためら》うような口調で付け加えた。

「だけど俺、小塚からそばにいてくれって言われてんだよな。どうすべ」

それは和典の刺した釘《くぎ》だった。苦笑しながら、少々乱暴に引っこ抜く。

「おまえ、小塚の彼女かよ。いいから、さっさと来い」

黒木が耳にささやいた。

「単体で別荘に近寄らせるな。京都駅で待たせるんだ」

それを伝えて電話を切る。玲奈が、待っていたかのように口を開いた。

「あの、さっき誘拐事件の話してたでしょ。その時から、ずっと不思議だったんだけど、聞いてもいいかな」

大きな目をまばたかせながら小首を傾《かし》げる。

「当時の警察は、どうして誘拐って決めつけたんだろう。同じ日に姿を消していて二人が顔見知りだったとしても、一緒とは限らないのに。史郎さんは生活が嫌になって蒸発、由紀子さんはまだ五歳だったから、どこかに行って事故に遭ったとか、道に迷って帰れなくなったとか」

言われてみれば、確かにその通りだった。いい物を持って帰ると言っていた由紀子には、目的地があったはずだ。警察は、それを捜査したのだろうか。

「これ、アリか」

黒木が声を潜《ひそ》める。

「誰かが警察に、由紀子を連れていく史郎を見かけたと通報した。あるいは二人が汽車に乗っていくところを見たと。それが地元で信頼されている名士、あるいは権力を持っている人物だったために、警察は逆らえず、その線で捜査を進めるよりなかった、とか」

黒木の言う人物が村上聡介を指している事は、すぐわかった。そう考えれば、確かに筋が通る。偽証して史郎に罪を着せたからこそ聡介は、祟《たた》りを恐れていたのだ。

この土地には、死に追いやった弟に呪われた兄の伝説がある。早良親王の祟りのために桓武天皇は、念願だったこの都、長岡京をたった十年で放棄せざるを得なくなったのだ。聡介も、史郎の怨念が村上家に祟る事を恐れたのだろう。だが聡介はなぜ、史郎を陥れたのか。二人の間には、いったい何があったのだろう。

「あの、もう一つ聞いてもいいかな。目撃情報が嘘《うそ》だったとすれば、史郎さんも由紀子さんもこの土地を離れていない可能性があるよね。でも実際に二人は消えている。じゃ、どこに行ったの」

黒木が、不敵な笑みを浮かべる。

「さぁね。確実なのは、すべては村上家のために行われたのに違いないって事だけだよ」

第6章　時を超える闇

1

「建物内には、アスベストが飛散している可能性がある。健斗を呼ぶ前に、ホームセンターで準備を整えよう。ホームセンターにゃ武器になりそうな物がゴロゴロしてるから、あいつを連れていきたくない」

スマートフォンで検索し、駅から南に十五分ほどの距離にあるホームセンターに入った。防塵《ぼうじん》マスクや保護服、防塵ゴーグル、帽子を捜す。マスクはあったが、それ以外は見当たらず、代わりにウィンドブレーカーと普通のゴーグル、ヘルメットを買った。作業が夜になることを考え、携帯用の強力なライトも人数分を確保する。

「これで、たぶん充分だ、いけるだろう」

レジで精算する黒木を見ながら、その金の出所を心配した。

「探偵事務所なら、これ経費だよな。俺たちの場合は、どう」

ホームセンターを出ながら聞くと、黒木は問題ないといったふうに眉を上げた。

「俺がもらってる生活費から出した。後で村上氏に請求する」

生活費をもらっている中学生は、日本中捜してもあまりいないだろう。黒木の家庭がどうなっているのか興味が湧いたが、聞かなかった。和典の謝罪を受け入れるために、黒木は自分の魂を孤独の中に閉じこめた。そうしなければ、許す事ができなかったのだ。今はまだほとぼりが冷めていない。プライベートな事に触らない方がいいだろうと思えた。

「夕飯は、どうすんの。昨日も食ってねーぜ」

一日七時間寝るとして、起きている十七時間の内に三回も食べる時間を取らなければならないのは、かなり面倒な事だった。一日一回ですむような方法を見つけたら、人類の進歩に繋《つな》がるだろう。

「別荘で食べて出かけよう。工場から人がいなくならないと忍びこめないし、日程表によれば、今日の夕飯は十八時からだ。二十時には終わるだろうからちょうどいい。健斗に、別荘に戻るように言えよ。ついでに小塚のスマホは当分借りとけって」

小塚のスマートフォンにメールを打ちながら別荘に帰った。

「なんか騒がしいな」

別荘前の道路に、黒塗りの車が並んでいる。忙《せわ》しなく出入りする人々と、運転手が開け閉めするドアの音が空気をざわつかせていた。門を潜《くぐ》ってみれば、車寄せにも数台が停《と》まっている。

「懇親会以外にも、何かあるとか、か」

和典の言葉に、黒木が思い出したようにこちらを見た。

「今日の夕食は、正式晩餐会《ばんさんかい》だ。当然ドレスコードがある。ホワイトタイだ」

和典は昔、ホワイトタイ指定の会に出席した事がある。父の大学時代の恩師が、何とかいう国際的な賞を受けたとかで、教え子一同が現地でのパーティに参集したのだった。和典はちょうど五歳を迎えたところで、七五三に作ったスーツを着せられた。父は燕尾服《えんびふく》に懐中時計、母は裾が床まで届くロングドレスに五連の真珠の首飾り、鰐革《わにがわ》ブランドバッグだった。いくつものシャンデリアの光が参加者の宝飾品に反射してきらめき、片隅に設けられたスモーキングコーナーから紫色の煙がうっすらと漂い出ている空間は、まるで夢か、バーチャルの世界のようだった。

「中学生だからテイル・コートでなくてもいいが、それに準じた服装だ」

ああいう所にTシャツで行くのは、確かに無法者だけだろう。だが二人分のジャケットを持ってきていないのだし、健斗一人に肩身の狭い思いをさせる訳にはいかないとなれば、居直るしかない。

「昨日でわかってっだろ。持ってきてねーって」

黒木の先手を打つと、どうしようもないといったような溜《た》め息が返ってきた。

「偉そうにすんなよ」

自分の連れてきた友人が、晩餐会の雰囲気を壊すのが嫌なのだ。子供だからと容認されるのは、さらに嫌なのだろう。黒木はいつも秩序を重んじている。

「じゃ俺と健斗は会場に行かず、どっかで飯だけ食わせてもらうってのは、どう。とにかく食えればいいいからさ」

黒木はしかたなさそうな顔で、係員に交渉した。その結果、和典と健斗は地下にある厨房《ちゅうぼう》で夕食を取る事が決まる。

「出発は二十時だ。玄関で会おう」

黒木と別れ、和典は厨房に向かいながら健斗に電話をかける。忙《せわ》しない息遣いが聞こえた。

「今、向日町《むこうまち》の駅に降りたとこ。マジ急いでっからさ」

足は忙しくても、耳は暇だろう。

「聞くだけでいいよ」

聡介と史郎の関係を始めとするこれまでの状況と謎を、一つ一つ話していく。電話の向こうから伝わってくる雰囲気は、次第に深刻になった。最初に血祭りに上げようとしていた人間と自分が血縁関係にあるとわかり、複雑な気持ちになったのだろう。やがて吹っ切るように強い、健斗らしい声が聞こえた。

「じゃ行くから」

和典は電話を切り、階段を降りて厨房のドアを開ける。床にタイルを張り、暖炉を設《しつら》えた広い調理場だった。壁には多くのフックが並び、様々な形やサイズの鍋が二、三十個ほども掛けてある。作業台の横には、色々なタイプの包丁が並んでいた。これを健斗に持ち出されたらヤバいなと思いながら、そうならないように説得しようと心を決める。

調理台は十人ほどが並んで立てるほど大きく、冷蔵庫も天井まで届くサイズのものが五台あった。その隣に配膳室があり、いくつもの食器棚にたくさんの器が入っている。配膳台のそばの壁には、一m四方を超えるかと思われるエレベーターが二基埋めこまれていた。できた料理を上階に運ぶのだろう。

「では、創業家第十七代ご当主村上氏からご挨拶《あいさつ》をいただきましょう」

エレベーターの空間から、上階の広間で流れるマイクの声がもれてくる。白いコック帽をかぶった料理長は、鍋の取っ手を握りながら全体に向かって指示を出し続けていた。料理人たちは、蒸したり焼いたり冷やしたりを繰り返す。それを見ながら和典は、村上の声に耳を傾けた。

「どこの会社でも、今のトップは年功序列時代を生きてきている。それが肌に染みつき、自分がその恩恵に与《あずか》った最後の世代である事に気づかず、その頭で今後を考え、成果主義、減点主義で判断し、長時間労働による成功体験を忘れられず、自分の代で業績が落ちる事を恐れてリスクのある新規事業に後ろ向きになり、痛みを伴う改革を躊躇《ためら》っている。これでは世界と戦えない。会社は、社員で成り立っている。雇用を安定させて社員を守り、勤勉で長く働く人間を賞賛する気持ちを捨て、勤務時間を短くして自己啓発に励ませ、潜在能力を最大に引き出し、責任を持たせ、三住事業精神と企業倫理を叩《たた》きこみ、全員を未来のトップ候補にするつもりで育成してもらいたい。また日本経済は貿易依存度が低いと言われているものの、我がグループを含め大企業の収益は世界経済との連動性を無視できない。世界経済は現在、反グローバル化しており、第一次大戦後の停滞と類似するとの声も聞かれる。当面、幅を広く取り、リスクを避けつつ打って出る機を窺《うかが》う事だ。特定の大国に頼らず、世界の主要市場七十ヵ国全部に目を向けていれば、中国経済が減速しようと、イギリスがEUから抜けようと、アメリカ大統領が誰になろうと騒ぐことはない。三住グループは昔の財閥時代のように再び結束し、それをもって世界に進出せよ」

朗々とした声で締めくくられた圧巻の挨拶に、大きな拍手が起こった。会場の高揚が伝わってくるかのようなその大音響を聞きながら、和典は疑問を抱く。こういう大局的なものの見方をする村上が、一時しのぎにすぎない隠蔽工作などするだろうか。京都ラボラトリーで分析していると言ったのは確かに嘘《うそ》に違いないが、それには隠蔽以外の目的があるのかもしれない。

「おい、そこの坊《ぼう》」

突然上がった声に驚いて目を向ければ、料理長がこちらを振り返っていた。顔に険がある。時間に追われる仕事に携わっている緊張感からだろう、部外者である和典が邪魔なのかもしれなかった。出ていった方がいいのだろうか。

「そっちに賄《まかない》があるさかい、食べてええよ」

手に持った篦《へら》で、隅にある木のテーブルを指す。

「うちら全員、もう食ってっからな。空にしても構へんで」

厨房に笑いが広がった。和典はほっとしながら礼を言い、そのテーブルに移動して椅子に腰を下ろす。目の前にはビーフカツやサラダ、マリネ、カレーを入れた大きな白い鉢が並んでおり、その隣に煮物を盛り付けた大皿があった。茄《なす》や小松菜、小芋、蕪《かぶら》、オクラ、海老《えび》、筍《たけのこ》などがしんなりと煮付けられている。その横に炊飯ジャーとスープ鍋、野菜ジュースと牛乳が置いてあった。一番端には取り皿、小鉢、コップ、スプーンが積み上げられている。

和典は家の食事にほとんど出てこない煮物に興味を惹《ひ》かれ、それを全種類、皿に取った。恐る恐る食べてみる。意外に美味《おい》しく、口の中に優しく広がる感じが気に入った。食べていると、健斗が階段を降りてきて隣に腰を下ろす。その頃には調理も盛り付け作業も佳境で、料理長も料理人たちもこちらには目もくれなかった。

「勝手に食って、いいのか」

和典が頷《うなず》くのを確認し、健斗は皿を手に取って山のように飯を盛る。ビーフカツを載せ、カレーをかけた。

「うめ。マジ最高。俺、ここに就職しよっかな」

ご満悦で、そればかりを何度も繰り返して食べる。和典は立ち上がり、小鉢にサラダを大盛りにして健斗の前にどんと置いた。

「生野菜も食え」

健斗は眉根を寄せ、不愉快そうにこちらに目を上げる。

「俺、野菜好きくね」

健斗の母が困っていた事を、和典は思い出した。あれは、確か幼稚園の年長の時だ。こいつ、そのまんまかよ。

「好きじゃなくてもいいから、食え」

にらみつけると、健斗はしかたなさそうに小鉢を取り上げる。目をつぶって掻《か》きこむ様子は、本当に幼稚園児のようだった。和典はおかしくなり、口元を緩《ゆる》める。健斗はそれに気づき、手を止めてこちらを見た。穴の開くほど見つめていて、やがて後ろめたそうに視線を伏せる。

「おまえ、俺に言いたい事あるだろ」

責められるのを覚悟しているかのような表情だった。どうやら昨日、和典に噛《か》みついた事を後悔しているらしい。

「言えよ」

和典は、自分の気持ちを見つめ直す。健斗に計画を放棄させ、友達に戻りたい。だが言うべきことは、既に言ってあった。ここでそれをまた繰り返すのは、見苦しくカッコ悪い。

「ねぇよ。もう全部言ったし」

だが、その返事は聞いていなかった。

「おまえこそ、俺に言う事あるだろ」

健斗がどんな答を返してくるか、息を詰《つ》めるようにして待つ。

「俺、小塚にやられた」

え、そっちか。多少がっかりしながら耳を傾けた。

「あいつってトロいけど、考え方はすげぇかも。こう言ったんだ。君の味わった苦痛は価値あるもので、それを知って君は力を持ったんだって。俺、今まで自分の経験をマイナスにしか捉《とら》えてなかったから、それで自分に力が付いたなんて全然思ってなくて、驚いた。そんでさ、」

健斗の口から語られる小塚の言葉は、あまりにも真っ当で真面目《まじめ》すぎ、和典は気恥ずかしくなった。照れくさくて、聞くに堪《た》えない。中学男子が、そんな事マジで言うかよ、嘘だろ。

「それ言った時、小塚、きっと魘《うな》されてたんだぜ。絶対そうだ。それ以外に考えられん」

健斗の手が伸び、頭を小突く。

「おまえさぁ、大事な時に茶化す癖、直ってねーな。そういうのって、女に嫌われっぞ」

健斗は昔から、女の情報をたくさん持っていた。それが最初に隔《へだ》たりを感じた原因だったのだ。今はどうなのだろう。

「健斗、もう女いるの」

健斗は、一気に体の力を抜いた。無念そうにつぶやく。

「俺は戦士だ。戦う事しか考えてねぇよ」

逆に言えば、女は戦闘を妨げるという事か。

「目の大きい女、タイプか」

健斗は、いかにもくやしいといったように吐き捨てる。

「もろタイプだ」

じゃ玲奈でいいかも。

「明日、紹介するから、戦士になるのは断念しなよ」

大きな溜め息が聞こえた。

「簡単に言うな。軽い決意じゃない。もう決めてる。引き返せねーんだよ」

声には投げやりな響きがある。心が揺れているのだろう。もっと揺さぶれば、突き崩せるかもしれない。和典は、健斗に向き直った。

「さっき言った通り、おまえのターゲットって曾祖父《ひいじい》さんの兄貴の子供なんだぜ。つまり、おまえや祖母《ばあ》さんの親戚だ」

健斗は憂鬱《ゆううつ》そうに両手で髪を掻《か》き上げ、頭上で止める。

「こんなとこで出会うなんて、思わんかったし。俺はあんま感じてねーけど、祖母さんに話したら悲しむかもな」

和典は身を乗り出した。

「親戚じゃなくたって祖母さんは悲しむだろ。祖母さんにとって、おまえはただ一人残された孫なんだ。それが犯罪に手を染めたりしたら、ショック受けねーはずないだろ」

健斗は、こちらに目を向ける。威嚇するような眼差《まなざし》だった。

「おい上杉、何気《なにげ》に揺さぶってんじゃねーよ」

ち、バレた。

「俺の邪魔すんな。引っこんでねーと、ただじゃおかんぞ」

押し付けるように言い、再びカレーを盛り付けて食べ始める。もうどんな話も、する気はないようだった。和典は、野菜の煮物を口に運ぶ。どうすればいいのかと考えながら、ひたすら咀《そ》嚼《しゃく》していて、ふと村上の呻《うめ》きを思い出した。

健斗と史郎の関係を知った時、村上は動揺し、祠《ほこら》に向かって、呼んだのか、そう言ったのだった。和典はその時、それが早良親王への恨み事だろうと思っていた。だが、あの祠の中には史郎も入っていたのだ。

村上は、史郎が自分の曾孫《ひまご》である健斗を呼び寄せたと感じたのだろう。祀っただけの価値がなかったと言ったのは、その事だ。健斗がここに来たのを、村上は、祟《たた》りと捉《とら》えたのだ。史郎の霊が健斗を操り、復讐《ふくしゅう》しようとしているのだと。

セキュリティの厳しいこの別荘で、中学生の健斗にできる事は知れている。身体的な危険については、村上は何の心配もしていないだろう。恐れているのは村上家の秘密、当時の当主だった聡介と史郎の間に起こった何かを暴《あば》かれる事だ。それは村上家の唯一の弱点なのだ。白日の下に晒《さら》されれば痛手は大きく、逆に考えれば何にも勝る復讐となる。健斗がそれをしにきたと感じ、村上はあれほど心を乱したのだ。

「健斗、おまえ、曾祖父さんに操《あやつ》られて復讐しようとしているのかもしれないぜ」

健斗は、口に運びかけていたスプーンを止める。

「この土地には故事がある。兄に謀殺された弟の怨念が兄を追い詰《つ》めるという構図だ。村上氏の父親と、おまえの曾祖父の間には何かがあった。その決着をつけるために、おまえがここに呼び寄せられたのかもしれない。少なくても村上氏は、そう感じている」

健斗は手にしていたスプーンを、音を立ててカレーの中に突っこんだ。眦《まなじり》を決し、和典に向き直る。

「きさま、ふざけんな。俺は自分で積み上げてきたんだ。自分で考え、自分を戦士に作り変えてきた。操られてる訳じゃない、自分の意志だ。復讐でもない、国家への貢献だ。俺は社会の下層まで落ちた。意味がないくらいちっぽけなものになっちまった。もう絶対に這《は》い上がれない俺を、昔の夢に繋《つな》げるただ一つの方法が、これなんだ。おまえにも言っただろ。俺の夢はヒーローだって。多くの人間を救って英雄と呼ばれ、死んだら伝説の男になるって。もうそこまではいけない。それはわかってる。だけど自分の人生を擲《なげう》って何かをやる奴《やつ》は、俺の中では英雄だし、伝説になる価値があるんだ。自己満足でいい。やってみせる」

固い決意だった。だが和典は、その固さに付け入る隙を見つける。固い物は、脆《もろ》いものなのだ。

「そんじゃさ、こういうのは、どう」

こちらを向いている健斗に正面を向け、その胸元に指を突きつけた。

「おまえが国家に尽《つ》くす事ができ、かつ犯罪者にならずにすむ方法がある。乗るか」

健斗は右頬を吊り上げ、信じられないといったような笑みを浮かべた。和典は構わず話を進める。

「これから三住製紙工場に潜入し、アスベスト飛散の証拠を摑《つか》む。それをネタに、村上氏を脅すんだ。そして村上氏の財産の五十五％、つまり本人が死んだ時の相続税と同額を国に寄付させる。そしたらおまえは殺人者にならなくても、国家に貢献できるだろ」

健斗は息を止めた。その目に、こちらの様子を窺《うかが》うような光をまたたかせる。

「じゃアスベストの件は、闇に葬るのか」

和典は、首を横に振った。

「冗談。放置できる訳ないだろ。村上氏が法的手続きを取り、財産の五十五％を国庫に入れたのを確認してから、証拠を新聞社に流す」

健斗は絶句する。呆《あき》れたような顔でこちらを見つめていたが、やがて大きな溜め息をついた。

「おまえって、すげぇ悪党だな。今まで全然気づかなかった」

何とでも言えと和典は思う。おまえを犯罪者にしたくない一心、苦肉の策だ、感謝しろよ。

「どうすんだ、乗るのか」

胸に突きつけた指に力をこめる。

「乗れよ。生き直せるぜ。おまえなら、真っ当な方法で英雄になれる、伝説になれるよ。俺より頭がいいんだからさ」

2

「開いた」

古い引き戸の前に片膝を突き、錠と取り組んでいた黒木がこちらを振り返った。

「錆《さ》びついてたんだ。過去にないくらい厄介《やっかい》だった」

健斗が目を丸くする。

「それって、もしかして、よくやってるって事か」

和典は引き戸に手をかける。

「KZ《カッズ》っていうチームを組んで遊んでんだ。謎解きがメイン。学校側からは、犯罪者集団って呼ばれてるけどな」

音を立てないようにそっと開け、手に持っていたライトで中を照らす。十m^2ほどの真っ暗な空間が広がっていた。闇以外、何もない。

「見ろよ」

天井板を照らした黒木が、ライトを止める。いく箇所にわたって大きな隙間ができており、そこからビニールと断熱材らしいものが垂れ下がっていた。

「アスベストだ。上杉、映像撮って」

スマートフォンをカメラモードにし、何枚かを撮る。ムービーでも撮影し、保存した。

「戦時中、碌《ろく》な資材もない中で切り詰《つ》めて造ったせいだろう。歪《ゆが》みが出てビニールが剝げ落ち、隙間から断熱材が食み出《はだ》して脱落、そこからアスベストが四散、まず工場内で作業していた人間が吸いこみ、その後」

ライトの光が動き、破れているガラス窓に当たる。

「あそこから戸外に流れ出た」

和典は、バラックのようなその内部を見回した。建材は粗末だったが、断熱材を使ってあるのだから作業環境は配慮されていたのだ。いったいどんな作業が行われていたのだろう。手がかりを求めてあたりを照らすものの、何一つ残っていない。ここは倉庫だと言った生き字引の言葉が思い出された。確かにこの状態では、倉庫としか思えない。

「証拠がほしいな。天井から垂れているのを切り取るか、千切れて床に落ちた部分で、まだ残ってるのを捜すか」

入り口近くの床をライトで照らしていた健斗が、その輪の中を指す。

「おい、あれ、そうじゃね」

近寄って見れば、ほんの二、三㎝ほどの布のような物が埃《ほこり》の中からのぞいていた。

「違ぇよ。これ、ただの布じゃん」

そう言いながら摘まみ上げようとしたが、持ち上がってこない。床に這《は》いつくばり、目を近づければ、床板にめりこんでいた。和典は眉根を寄せる。布が床材にめりこむ事は、物理的にありえない。あるとすれば、それは挟《はさ》まっていると言うべきだった。

「健斗、俺のライト持て。おまえのと一緒にしてこのあたり照らしてて」

両手で床を探る。積もった埃の中で慎重に指先を動かしていて、やがて僅《わず》かな溝を見つけた。それに沿って指を這わせる。溝は一m四方ほどの正方形を作っており、布はその縁に挟まっていた。和典は正方形の内部を手で探る。窪《くぼ》みがあった。それを撫《な》でたり押したりしているうちに、そこから何かが飛び出してくる。よく見れば引き手だった。意外な発見に、胸が躍る。

「黒木、手貸せ。俺がこれ持ち上げるから、おまえはその布、確保しろ。健斗はライトそのままキープで」

掛け声をかけ、引き手を摑《つか》み上げる。あたりに濛々《もうもう》と立ちこめる埃の中、ライトの光が地下に降りる木の階段を照らし出した。

「地下室だ」

和典が叫ぶと、黒木が首を横に振る。

「いや、この建物ができた時代を考えれば、防空壕《ぼうくうごう》じゃないか。空襲を受けた時、作業員が逃げこむためだろう」

それなら、中は空のはずだった。ところが階段を降り切った付近に、何かが置いてある。

「戦後、物置にしてたのかもしれないな」

和典は、健斗から自分のライトを引ったくった。階段を降りかける。気持ちが逸《はや》り、じっとしていられなかった。後ろから飛びついた黒木に、二の腕を摑《つか》み上げられる。

「上杉先生、酸素濃度を見てからだ」

そう言いながらもう一方の手でズボンの後ろポケットから五㎝ほどの酸素濃度計を出した。和典はそれを受け取り、紐《ひも》を解いて階段の途中から吊《つ》り下げる。しばらくして引き上げ、酸素が通常通りであると確認した。濃度計を黒木に放り投げ、階段を降りようとする。

「いい子だから、もうちょっと待て」

そう言いながら黒木は、先ほど縁に挟まっていた布を目の前に掲げ、ライトを当てた。

「これ、普通の布じゃないぜ。繊維の密度が異常に高い。だからこんなに小さな切れ端でも、解《ほつ》れずにそのままの形で残ってたんだ。おまけに横糸に撚《よ》りがかかってない」

和典は、健斗と顔を合わせる。

「俺には意味不明だ。おまえは」

「おまえに同じ」

二人一緒に、敬意をこめた視線を黒木に送る。黒木はくすっと笑った。

「こういう特徴を持つ布は、俺が知ってる限り、仙台平《せんだいひら》だけだ。仙台で作られる絹織物《きぬおりもの》で、最高級の袴《はかま》を作る時の生地に使われる。この袴が着用されるのは、弓道や日舞、茶の湯、それに能だ」

あの祠《ほこら》が思い出された。確か聡介は、あの祠の前で能を舞うと言っていた。その時は、きっと仙台平の袴を身に付けるのだろう。

「もう一つ、これを見ろ」

階段を塞《ふさ》いでいた板を指す。

「引き手がついているのは、外側だけだ。つまり入った後は、中から手で板を摑《つか》んで閉めるんだ。となると、作業は入った人間が自分の頭の上で行う事になる。袴が挟まるはずはない。それが挟まってるって事は、この袴を着けていた人物は、ここから出てくるところだったんだ。これを閉めている時に袴の裾が挟まったが、もう一度閉め直している余裕がないほどあわてていた。なぜか。その理由は、おそらくこの階段の下にある。入ってみようぜ」

黒木の話に煽《あお》られ、鼓動が速くなってきていた。息を詰めて駆《か》け降りる。一番後ろから健斗が付いてきた。

階段を降り切った所に暗い空間が広がっており、机や棚や大小の機械がいくつも置いてある。横になったり、乱雑に積み重ねられたりしていて、どこからか運びこまれたという感じだった。ふっと思う。もしかしてこれらは、戦時中には上階にきちんと並べられていて、その間で長岡京女学校の生徒たちが作業をしていたのかもしれないと。

「これ、何だ」

振り返れば、健斗が一輪挿しのような丸い容器を手にしていた。八㎝ほどの高さがあり、口の部分を除けば、球形だった。

「瀬戸物みたいだけど、ここに同じのがたくさんあるぜ」

階段脇に木の箱が置かれ、そこに山のように積み上げられている。和典は一瞬考え、すぐに気がついた。心臓が止まりそうな思いで叫ぶ。

「それ、落とすな。しっかり持てよ。持ったか。じゃ、ゆっくりそこに置いて」

健斗の手からそれが離れ、木箱の中に納まる。和典は肩から力を抜いた。

「そいつは、二次大戦時の手榴弾《しゅりゅうだん》だ。まだ生きてるかもしれない」

ギョッとする健斗の足元から奥へと床を照らす。あたりには、たくさんの破片が落ちていた。どれも中が焦《こ》げている。壁にも多くの傷があった。手榴弾の大きさから考えて、ここで破裂したのは一つではないだろう。いくつかが爆発したのだ。その一つが表にまで飛び出し、黒木の目に留まった。つまりその時、あの床と表の引き戸は開いていたのだ。

「何で、ここに手榴弾なんだ」

肝を冷やした様子の健斗の頭を、小突く。

「いざという時、自決するためだろ。生きて虜囚の辱めを受けずって戦中教育だ。歴史の授業、寝てただろ」

健斗は和典を小突き返した。

「第一次、第二次大戦のあたりって、授業じゃ大抵カットされっだろ。明治維新までたどりつけたら、その教師、神って感じじゃん」

黒木の曇った声が上がる。

「Made in England ってプレートが付いてるな」

屈《かが》みこんで照らしていたのは、機械の下部だった。

「何で日本製じゃないんだ。日本製の機械じゃ作れない物を作ろうとしてたとか、か」

健斗が機械の脇にあった棚から、縦横三十㎝ほどの紙の束を引きずり出す。

「見ろよ、これ」

それは、絹のような光沢のある紙だった。光や艶の感じが少しずつ違ったものが綴《つづ》られており、相当な数がある。それぞれに絹十%、十一%と細かく表示がなされていた。

「絹のパーセンテージが書いてあるって事は、絹を梳《す》きこんだ紙なんだぜ。ここで、これを作ってたのかな」

和典は眉根を寄せる。

「戦時中にかよ。そもそも何に使う紙なんだ」

健斗は、こちらをにらんだ。

「俺に聞くなよ」

黒木が押し殺した声を上げる。

「透《す》かしだ」

ライトを当てていたのは、機械の下部の引き出しの中から取り出した巻紙だった。男の横顔と古い建物が透かし模様になり、連なるように繰り返し印刷されている。そのそれぞれに、鉛筆でたくさんの注意事項が書きこまれていた。熱心に見ていた黒木が、尻上がりの口笛を吹く。

「なるほどね」

どうやら事情を察したらしかった。和典はついていけない。まったく訳がわからず、くやしかった。顔を背け、聞こえなかった振りをする。健斗の方が、和典の数倍も素直だった。

「何だよ。教えろよ」

好奇心剝《む》き出しで、黒木に歩み寄る。

「この男の顔、それにこの建物、見た事あるだろ」

健斗は難しい顔付きになった。

「アジア人ってことはわかるけど、その先は無理。建物は、まるでわからんな。俺、中学ほとんど行ってないし」

自慢するように言った健斗から黒木は目を離し、和典を見る。おまえは、と聞いていた。和典はやむなく両手を挙げる。

「降参」

黒木はちょっと笑い、透かしを指した。

「これは孫文。建物は北京《ペキン》にある天壇《てんだん》。それぞれ中華民国の五元札に使われている透かしだ。絹を梳きこんだ紙も、中国の五元札の特徴」

思わず目を見開く。

「それがここにあるって事は、ここで中国紙幣を作ってたって事か」

黒木は笑みを広げた。

「大当たり。偽札だ」

改めて機械を見つめる。当時の女学生、今の女子中高校生たちが偽札作りに使われていたのだ。ひどい話だったが、戦時下の良否、善悪を、平和時の常識で判断する事はできない。もっとひどい話もたくさんあったに違いなかった。

「敵国の偽札を作ってばら撒《ま》き、経済的ダメージを与えるのは、昔からよく使われてきた戦法だ。ナポレオンなんかも、やってた。日本国内では、そういうヤバい部分は陸軍の登戸研究所が担当してたんだ。細菌兵器とか毒物合成とかね。そこから地方に命令が出されていた。この機械はおそらく日本軍が占領した中国の都市で押収し、日本に送られてきたんだろう。軍部は、信頼できる民間企業に委託して偽札を大量生産しようとしたんだ」

それで三住は、この建物を造ったのだ。戦局が思わしくなく資材も少ない中、なぜ建築が強行されたのか、戦中の製紙工場でいったい何が作られていたのか。図面を見た時からの謎が、ようやく解けたと思った。国家のための三住という企業理念を掲げる財閥三住が、当時、主権を握っていた軍部の命令を断れるはずがない。

「戦争に負けた日本は、勝った国によって裁かれた。日本には占領軍が入り、戦争責任者や協力者を厳しく摘発したんだ。それを予想した陸軍登戸研究所では、敗戦時にすべての施設を破壊し、資料を焼却、証拠を隠滅した。事情は、この工場でも同じだったろう。だから機械を大急ぎでここに隠したんだ」

国民が敗戦を知ったのは、八月十五日、無条件降伏を認める天皇の玉音放送が流れた瞬間だった。和典は、その録音をテレビで聞いた事がある。雑音がひどくてはっきりしなかったが、耐えがたきを耐え忍びがたきを忍び、という部分が印象に残っていた。耳の底にその響きを甦《よみがえ》らせながら、想像してみる。

エアコンもない真夏の最中《さなか》、当時の女子中高校生たちが額に汗を浮かべて絹の繊維を扱い、透かしの出来具合を調整しているその姿を。それが国家への貢献であり義務であると信じ、家族から何を作っているのかと尋ねられても、誇りを持って口を噤《つぐ》んでいるその横顔を。突然に終戦となり、それまで教えられてきた価値観が一気に覆されるショックの中で、すべてをこの防空壕に運びこめと言われ、ただ懸命に従っているその様子を。

「だけど、なんで今まで片づけなかったんだ」

健斗は、納得できないらしかった。

「さっさと壊すなり、運び出すなりしちまえばよかったんじゃね」

黒木の顔に暗い微笑が浮かぶ。何かを含んでいるかのようなその笑みには凄味《すごみ》があり、同い年とは思えないほど大人びて見えた。

「それができない何らかの事情があったんだろう。特殊な大型機械だ。壊すにしても運ぶにしても人手がいるし、廃棄場所も捜さなきゃならない。万が一、見つかった時には、三住グループのイメージダウンは避けられないし、誰が責任を取るのかという問題もある。それよりこのまま建物を閉鎖しておく方が安全だと判断したんじゃないかな。創業家の権限を以《もっ》てすれば誰も逆らえないし、永遠に隠蔽できる。ちなみに、あそこに散らばってたのは、」

階段の下に視線を流す。

「陶器の破片だけじゃないぜ。人間の骨もだ」

3

息を呑《の》む和典と健斗に背中を向け、黒木は暗い空間にライトを向けた。

「奥を確かめてみよう」

さっさと歩き出すその背中に付いていこうとすると、健斗に引き寄せられる。

「俺、都市伝説って、マジ弱い」

絡《から》まってくるその腕を払いのけた。

「どこが都市伝説だよ。リアルじゃん」

「おまえ、俺の恐怖度アップさせんじゃねー」

少し先で、黒木が立ち止まる。急いで追いかけていた和典は、その背中に突っこみそうになった。

「見つけた、ここに人を入れられなかった事情」

そう言いながら身を引き、和典たちによく見えるようにライトで照らす。その光の中に、兵服を着た死体があった。機械の陰で白骨化している。和典はしがみ付いてくる健斗を振り払い、歩みよった。遺骨の前に身をかがめ、床に片膝を突く。死んでいるのは誰だ。どこかに身元の手がかりがないだろうか。

「触ると、警察がうるさいぞ」

立ったままこちらを眺め下ろす黒木を、和典は見上げた。こんな意味ありげな死体を前に、冷静でいられる黒木が信じられない。おまえの心は石かと言いたかった。

「警察なんざ喚《わめ》かせときゃいい。この着衣から判断して、事件が起こったのは戦中か、もしくは戦後すぐだ。殺人だとしても、どっちみち時効なんだから捜査なんか意味がない。それに中学生の場合、謝ればすむ、んだろ」

黒木は苦笑する。

「記憶力がいいのは認めるよ」

和典は白骨に向き直った。胸元が裂けている。慎重に服の前身頃を開けば、下に着たシャツも破れていた。そのシャツの前を開ける。肋骨《ろっこつ》が見え、その間に陶器の破片が食いこんでいた。

「手榴弾《しゅりゅうだん》でやられたみたいだな」

だが周りの床に、手榴弾の欠片《かけら》は見当たらない。壁にも、その痕跡はなかった。階段下で被弾し、誰かがここに運んだのだろう。

開いた前身頃の内ポケットに、新聞が入っている。黄ばんで染みの浮き出したそれを、和典は注意深く取り出した。日本語でスマトラ新聞と書かれ、日付は一九四四年一月二十日、発行は昭南新聞会となっており、第一九三号だった。脇から黒木がのぞきこむ。

「スマトラ新聞って、愛好家の間で幻の邦字新聞って呼ばれてる奴《やつ》じゃないかな。戦時下にスマトラ島パダンで発行されてたらしいんだけど、現物が残ってないんだ」

記事は、戦況について書かれたものがほとんどだった。下の方に「部隊便り」と題された投稿欄があり、その一部に傍線が引かれている。

戦局は厳しいが、頼もしい上官の下、一丸となって戦っているという内容で、投稿者の名前は島坂史郎だった。思わず健斗を振り返る。

「これ、おまえの曾祖父《ひいじい》さんだぜ」

床にしゃがみこんでいた健斗は、そのまま四《よ》つん這《ば》いで近寄ってきた。

「マジかよ」

和典は白骨のそばの場所を健斗に明け渡し、後ろに下がろうとして気がつく。機械と機械の間から短い骨が見えていた。顔を近づけると、奥に頭蓋骨が見える。

「おい、もう一柱ある。手貸せ」

黒木と一緒に機械をずらした。押しこまれていた骨は、ほっとしたかのように地面に横になる。服はほとんど残っておらず、骨も全部がそろっている訳ではなかった。頭蓋骨は半分に割れ、背骨などは砕けて部分的にしかない。

「小さいな。子供だ」

骨が華奢《きゃしゃ》で、吹き飛んでしまったのだろう。見下ろしながら考える、史郎がここにいたとなれば、こちらはきっと由紀子だと。玲奈《れな》の話が思い出された。両親はどこまでも捜しに行き、姉であった玲奈の祖母もつい最近まで諦《あきら》めきれなかったと。皆が必死で捜し回っている間、由紀子はずっとここにいたのだ。

「上杉、そこ」

黒木の声が上がる。

「手に、何か持ってる」

丸めた指が薄い物を握っていた。取り上げてみると、先ほど束になっていた紙の一枚だった。

ライトの下でキラキラと光る。

ああ、これかと思った。由紀子が姉に持ち帰ろうとしたのは、これだったのだ。当時、五歳だった由紀子が、光る紙の魅力に取りつかれても不思議ではない。ここで偽札を作っていた女学生から、光る紙の話を聞いたのかもしれなかった。大人には話さない女学生も、五歳の幼女になら話す可能性がある。

由紀子は、従業員がいない御霊会《ごりょうえ》の日にこの建物に忍びこみ、紙を持ち出そうとした。警備員の史郎がそれを見つけ、捕まえようと追いかけているうちに手榴弾の箱に躓《つまず》き、爆発した。その音に気づいた聡介がやってきて、二つの遺体を発見する。警察に連絡すれば、この場所に隠した機械や資料の存在が明らかになり、三住製紙工場で偽札を作っていた事が知れ渡る。あわてて遺体を隠し、帰る時に出入り口に袴《はかま》を挟《はさ》んだ。

違うな。矛盾が多すぎる。引き戸には鍵がかかっていた。五歳の由紀子に外せるとは思えない。光る紙がほしくても、どこにあるのか場所がわからないはずだ。手榴弾の箱は階段下の脇に置いてあり、通りすがりに躓くような場所ではない。御霊会当日なら、聡介が袴に着かえるのは別荘だろうし、そこから祠《ほこら》に向かうはずで、こんな所にはやってこない。

和典は、ばさばさと髪を掻《か》き上げる。二つの遺体が隠されていたのは事実だ。そこから考えれば、誰かが犯行を隠したという事になる。それは誰か。まったくの通りすがりの人間が、ここまで入りこんでくるとは思えない。内部や事情を知っている者の犯行となれば、これ以外にも怪しい動きを見せている聡介が浮上する。

もしそうだとすれば聡介と史郎の間に起こった事、村上家の秘密というのはそれを指すのだ。辻褄《つじつま》は合う。だが史郎を家のために利用しようとしていた聡介が、殺すだろうか。しかも由紀子まで一緒に殺害したとなると、余計に動機がわからない。それとも由紀子は、ただ巻きこまれただけか。

和典は顔を上げ、あたりを見回す。何かが足りない気がした。一ピースがないために完成しないジグソーパズルのように、何かの要素が欠けているから秩序ある流れが見えてこないように思えたのだった。欠けているのは何だ。

次第に尖《とが》ってくる神経を静めようとして、ゆっくりと深呼吸する。一旦、基本に戻ろうぜ。絶対に動かせないもの、確定している条件をはっきりさせろよ。目を閉じ、様々な事象を目紛《めまぐる》しく脳裏に浮かび上がらせ、その中からいくつかを選び出す。

一つは、この建物の鍵だった。それがなければここには入れないし、持ち出せる人間は限られている。工場関係者か、あるいは創業家の聡介だ。

もう一つ、手榴弾が破裂したのは階段下付近だが、遺体は奥に運ばれていた。史郎は体が大きいと洋子が言っていた。重い遺体を持ち上げて移動できるのは、大人の男だけだ。ここでも聡介が浮かび上がる。

さらに一つ、出入り口に挟まっていた袴の生地。これも聡介のものである可能性が高い。しかし聡介には、殺す理由がない。

和典は、またも両手で髪を掻き上げる。やはりピースが足りないのだ。だから流れが不自然になり、中断する。奥歯を嚙《か》みしめながら、自分に言い聞かせた。落ち着け、確定している条件は、本当にこの三つだけか。他にもあるんじゃないのか。

記憶の底を手探りしながら思いつく。聡介は、いつも家の事しか考えていなかった、これは確定条件だ。人間より家を大事にしたのだ。家を大事にするとは、具体的にどういう事か。あらゆる場面で家を優先させる事、家名を死守する事、後継者を保護する事、そこまで羅列した瞬間、思考が飛躍した。まさかと思いながら口にする。

「欠けていたピースは、後継者である村上総の保護か」

期待に戦《おのの》きながら、それを事件の中に嵌《は》めこんでみる。直後、すべてが一気に流れ出した。

村上総は、当時五歳。地元の友達と付き合いがあり、洋子はこう言っていた。総ちゃんは、別《べっ》嬪《ぴん》だった由紀子ちゃんなら覚えているかもしれないと。

仮定してみる、村上氏は由紀子が好きだった。その後の可能性は二つだ。由紀子は光る紙を手に入れたくて、村上氏にその在処《ありか》を聞き、鍵を持ち出すように頼んだ。あるいは村上氏が、父の聡介の持っていた紙の見本を見て、その美しさに魅せられ、どこにあるのかを聞き出し、由紀子を誘った。由紀子の積極的な性格を考慮すれば、おそらく前者だろう。

御霊会の当日、二人は忍びこみ、警備員の史郎に見つかった。村上氏は夢中で階段まで逃げる。由紀子は捕まったのだろう。村上氏は階段の脇に瀬戸物が積み上げてあるのに気づき、それを次々と史郎に投げつけた。彼に掴《つか》まれている由紀子を助けるために。

爆発が起こり、驚愕《きょうがく》した村上氏は家に逃げ帰って、父聡介に訴える。聡介は即、現場に駆《か》けつけた。この時、二人はまだ死んでいなかったかもしれない。だが聡介は、村上家の後継者である総を守るために、すべてを隠蔽する気になっていた。二人を機械の裏に押しこみ、史郎が由紀子を連れていくところを見たと警察に連絡し、この建物の改築や取り壊しを拒み、高所に祠を作って怨念を鎮めようとした。それこそが、なんとしても隠し通さねばならなかった村上家の秘密であり、村上氏もそれを引き継いだのだ。

和典は大きな息をつく。自分がたどりついた秩序だった流れの自然さ、その数列的美しさに満足だった。証拠はないが、他に考えられない。あとは最初の仮定、村上氏が由紀子を好きだったかどうかを確かめればいいだけだ。それが正しければ、この仮説は真実になる。

「俺の曾祖父《ひいじい》さんが最後に見たのは、」

遺骨の前にしゃがみこんだまま健斗がつぶやく。

「俺が今見てるこの眺めだったんだな」

目を上げ、ゆっくりと暗い地下室を見渡した。

「七十一年前、ここで、これを見ながら死んでいったんだ」

あたりに隈《くま》なく視線を注ぎ、なぞるように繰り返し見回す。

「息が絶える時、何を考えてたんだろう。たぶん妻や娘の事だよな。自分はこれで最期だが、おまえたちはどうか幸せにって、きっと祈ってた。家族が平穏な暮らしをしている未来を想像し、その幸せを願いながら死んだんだ。曾祖父さんが思い描いたその未来って、俺が今こうしているこの時間の事だ」

身を震わせて遺骨に向かい、頭を垂れる。

「俺、一生懸命に生きてかないと、がっかりされるよな。曾祖父さんの娘を幸せにしてやらないと、きっと怒られる。泣かれるかも」

その時、和典は見た気がした、遺骨から白い霧のようなものが立ち上がり、項垂《うなだ》れた健斗をそっと包み、抱きしめるのを。

驚いたが、恐ろしくはなかった。ただ胸を打たれ、身を正す。史郎の死は、健斗に今を生きる意味を教えたのだ。そのために、ここに健斗を呼び寄せたのかもしれなかった。

「おい、誰か来たみたいぜ」

黒木が親指で上階を指す。

「ここへの出入り口は、開けっ放しだ。降りてくる可能性がある」

確かに、床を歩き回る靴音がした。

「ライト消せ」

急いでスイッチをオフにする。

「小林、おまえもだ」

あたりに闇が広がった。

「どうすんだよ」

和典は黒木に近寄る。黒木は考えるふうもなく即座に首を横に振った。

「どうしようもない。出入り口は一つ、俺らは、鼠《ねずみ》ｉｎｔｏ袋ってとこだ」

妙な和製英語に、気分が滅入《めい》る。

「くだらん言い方すんなよ」

黒木は浅く笑った。

「うるさい奴《やつ》だな。There's no way out. だ。お気に召したか。とにかく腹、括《くく》っとけ」

和典は闇を透かし、健斗の方に目をやる。

「俺とおまえは、いいよ。だがあいつは、逃がしてやんないとまずい。二学期から新しい学校だし、ここで警察沙汰になったりしたら、最初っから躓《つまず》くじゃん。中学って、いじめが多い時期だしさ」

黒木は黙りこんだ。足音は頭上に近づいてくる。健斗は相変わらず遺骨と向き合っていた。動く気配もない。和典が気を揉《も》んでいると、やがて黒木に肩を抱き寄せられた。

「階段の向こうに回れ。俺はこっち側だ。降りてきたら両方から足を引っ張って引きずり落とそう。その隙に小林を逃がす」

和典は了解し、健斗の背中に手をかける。

「立てよ」

こちらを仰いだ健斗の顔には、明るさが漂っていた。

「俺、自力で英雄になる事にした。そして伝説になって、」

階段の上でライトが光る。和典はあわてて健斗の口を手で塞《ふさ》ぎ、耳に唇を寄せた。

「わかった。わかったから、とりあえず置いとけ。ここを出る。俺が行けって言ったら階段を駆け上がって別荘まで走るんだ。いいか」

健斗を階段の下に立たせるのと、足音がそれを降り始めるのが同時だった。向こう側に立つ黒木とタイミングを計る。上から移動してくる明かりが目の前の段を濡《ぬ》れたように照らし、磨かれた靴がそれを踏んだ。瞬間、黒木の手が伸びる。和典もこちらから足を摑《つか》んだ。声が上がる。

「おっと、やめてくれ」

村上だった。

「年寄りに乱暴するなよ、くそガキども」

4

「取り引きしましょうか、村上さん」

村上の足首を握ったまま黒木が落ち着いた声で言った。

「僕らは、この手を引く。あなたは、ここで僕らと会った事を誰にも言わない」

闇の中に溜《た》め息が広がる。

「いいだろう」

和典は手を放し、ライトを点《つ》けた。黒木もスイッチを入れ、それを健斗に向ける。

「改めて紹介します。史郎さんの曾孫《ひまご》の小林健斗君です」

村上は階段を降りてきて、健斗の前に立った。

「そう言われてみれば、似ているな。顔の其処彼処《そこかしこ》に、史郎叔父の面影があるよ」

懐かしそうな、哀《かな》しそうな目で健斗を見つめる。和典は、聞かねばならない事を思い出した。

「あなたは、由紀子さんが好きだったんですか」

村上は、遠くに視線を投げる。

「好きだったね。当時、俺は五歳だったが、五歳なりに好きだった」

立てた仮説は、正しかったのだ。和典は満ち足りた気分になる。

「由紀子は、それまで俺が見た事もないような目をしていた。大きくて潤んでいて、どんな人間でも自分の思い通りに動かしてしまうような、逆らう事を決して許さないような、そんな目だった」

それこそが、この事件の発端だったのだ。和典は、玲奈の目を思う。大きくて潤んでいるのは、由紀子譲りなのだろう。

「あの日以来、」

そう言いながら村上は、あたりを眺める。

「ここに来るのは初めてだ。ちょっと見ておきたいと思ったんだが、まさか君たちに出食わすとはね」

あちらこちらを彷徨《さまよ》った視線は、最後に健斗の上に落ち着いた。

「史郎叔父は、やめろと言ったよ。片手で由紀子の手を摑《つか》んだままで、もう一方の手を俺に伸ばした。それはただの瀬戸物じゃない、投げるな、そのまま下に置けと。俺は、由紀子を連れて逃げなければならなかったから夢中だった。続けざまにいくつも投げた。史郎叔父に当たり、逸《そ》れたのが由紀子に当たり、次々と爆発して、あたりは煙に閉ざされ、それが引いた時には血の海だった。史郎叔父は胸を抱えて倒れ、由紀子は顔半分が吹き飛んでいた。今もまだ夢に見るね」

その様子を想像し、和典は奥歯を嚙《か》みしめる。凄惨な状況に、五歳の時以来それを背負い続けてきた村上の心の傷の深さにも、胸が痛んだ。

「小林健斗、俺は君の曾祖父を殺したんだぜ。悪い奴《やつ》だろ」

自嘲的であり、同時に挑発的にも聞こえた。

「殺意はなかったが、殺した事に変わりはない。だが七十一年前だ。法の手はもう届かない。君の希望を聞こう。俺をどうしたいね」

健斗は青ざめて見えた。真剣さの余り肩に力が入り、震えている。助けてやりたかったが、声をかける隙《すき》もないほど張り詰《つ》めていた。自分自身の心と向き合い、答を捜しているのだった。

「俺も」

最初の言葉をようやく口から出す。その後は、少し楽になったかに見えた。

「マジであなたを殺そうと思っていました。目当ては、あなたの相続税で国庫を潤す事。友達が止めてくれなかったら、きっとやっていた。正義は自分にあると確信していました。でももう、そんな気持ちはありません。自分がここに来たのはあなたを殺すためではなく、曾祖父《ひいじい》さんに会うためだったのだと感じています。あなたは、曾祖父さんの兄の子供です。同じ血を持っていながら、こんなことになってしまって哀しい、それが今の全部です」

村上は目を伏せる。黒木が一歩、前に出た。

「あなたには責任がある。それをどう取るつもりですか」

健斗が声を荒立てた。

「五歳児に、責任なんかねーだろ」

力んだ言葉が和典の耳を打ち、光のように輝きながら胸に沁《し》みていく。昨日の夜、健斗は人間ではない別の生き物のように見えていた。それが一日経《た》った今では、殺そうとしていた相手を庇《かば》うまでになったのだ。自力でいくつもの階段を駆《か》け上り、今まで知らなかった世界にたどり着いて、それを自分のものとしたのだった。

「落ち着けよ、小林」

黒木は、毅然《きぜん》とした笑みを見せる。

「俺が言ってるのは、アスベスト放置の事だ」

健斗は言葉に詰まり、代わって村上が答えた。

「俺に、時間をくれよ」

和典は、はっとする。村上は、分析機関に依頼していると偽った。それが隠蔽工作のためと思えず、今までずっと腑《ふ》に落ちなかったのだが、ようやくわかった気がした。時間がほしかったのだ。何かをするつもりでいる。

「無理ですね」

言い放つ黒木の仮借ない眼差《まなざし》の底に、もう一つの渇望が針のようにきらめいていた。なぜ自分を作ったのか。黒木が今、問《と》い質《ただ》し、咎《とが》め、責任を追及したいのはアスベストの件と同時にそのことなのだ。和典に対してもそうだったが、黒木の心は複雑で、いくつもの思いを同時に抱えている。そのうちの一つを他人にぶつけている時、本人の胸にはその相手に対するすべてが去来し、綯《な》い交《ま》ぜになっているのだった。

「アスベストは、一日でも早く処理しなければならない問題でしょう。僕は放置しておけない。新聞社かテレビ局に通報するつもりでいます」

村上は軽く頷《うなず》く。

「それに関しては、すでに手配がすんでいる。明日、早朝からここの解体作業を始める予定だ。その前に警察の捜査も入る」

和典は、先ほど別荘に多くの車が出入りしていた事を思い出した。村上は製紙工場の関係者だけでなく、グループ企業の役員たちにも情報を流したのだろう。駆けつけてこられる人間が、あわててやってきていたのに違いない。そのすべてが片付いたからこそ、七十一年間、自分を苦しめてきたこの現場に改めて足を運んだのだ。

「俺にも、やり残した事が多少ある。明日の朝まで時間をもらいたい。その後なら、新聞社でもテレビ局でも好きにするがいい」

和典は、自分の腕時計に視線を落とす。もう夜も更けていた。夜明けは近い。

「わかりました。では朝まで待ちます」

そう言った黒木に、村上は片手を上げ、階段に足をかけた。半ばまで上ってから、こちらを振り返る。

「黒木、君に期待しているよ」

思ってもみない言葉だった。皆が意表を突かれ、いっせいに村上を振り仰ぐ。

「君はこの世に、私の希望として生まれてきた。どんな重みも背負っておらず、どんな柵《しがらみ》も持っていない、完璧に自由な魂だ。偉大な事ができるだろう。期待している」

その時初めて和典には、わかった気がした。創業家に生まれた瞬間から家を背負い、五歳からは罪の重みを背負って生きてきた村上にとって、黒木は理想そのものなのだ。いや理想を求めた結果が、黒木の誕生に繋《つな》がったのだろう。

「では諸君、元気で」

足音を残し、村上は階上に姿を消した。和典は思う、もしかして村上は、黒木の本当の父親かもしれないと。アメリカでのデザイナーベビー、それは自分の子供に理想的な資質を備えさせ、かつ家の重みを背負わせまいとした村上が、あふれるほどの愛情から選択した方法だったと考えるのは、ロマンティック過ぎるだろうか。

5

三人で別荘に向かう。厳然として侵し難《がた》い現実に打たれ、誰もが口重くなっていた。和典は、村上がすべてを明らかにする決意をしたのはいつだったのだろうと考える。

老年期にさしかかり、これまでの生き方を顧みなければならなくなった時、その心の多くを占めていたのは、当然この事件だったろう。隠蔽し続けていていいのか。

だが事件の現場は、機械を隠した場所だった。それを明らかにすれば三住製紙が偽札を作っていた事も知れ渡り、企業グループのイメージが著しくダウンする。また時効が成立しているといっても、創業家の威信は深い傷を受けるだろう。会社と家の名誉に足を取られ、動けなかったのだ。その村上が、どこで踏み切ったのか。

アスベストの飛散を知ったからかもしれない。村上が関係各所に連絡を取り、手配をし、それを聞いた人間が別荘に駆《か》けつけてきたのが和典たちの帰った時だったのだから、時間的には合致する。

アスベストが飛散しているとなれば、止めるよりない。今を誤魔化してもいずれは発覚するものであり、その時にはさらに大きな被害になっているのは確実で、責任を問われるのは三住なのだ。会社を大事に思うなら、一刻も早く手を打たねばならない。そのためには、あの建物を解体せねばならず、その時点ですべては明らかになる。返事もせずに電話を切ったあの時、村上は七十一年間の封印を解く決断をしていたのだ。

「明日の朝は、騒がしくなるな」

ポツリと言った黒木に、健斗が哀《かな》しげな目を向ける。

「おまえ、ほんとにマスコミにリークする気かよ」

黒木は眉を上げた。

「あれは脅しだ。村上氏が簡単に動くと思わなかったから、ちょっとフカしたんだ。アスベストの飛散さえ止められれば、俺としては満足だ。七十一年前の五歳児の罪を、今さら暴《あば》いてもしょうがない」

健斗はほっとしたようだった。その顔を見て、黒木がからかう。

「おまえ、いつの間に村上派になったんだ。殺す気満々だったくせに」

健斗は、照れくさそうな笑みを浮かべた。

「ま、その辺はアバウトって事で」

和典は、黒木と顔を見合わせる。健斗の気持ちが変わっただけでも、ここに来た意味はあったのだ。

「じゃ明日」

そう言って別れ、各自が自分の部屋に入った。和典は電気をつけ、照らし出された広い部屋を見回す。急に落ち着かない気分になった。決断を迫られた村上は、今どんな気持ちでいるのだろう。

胸がざわつく。村上は、なぜ時間がほしかったのか。すべての手配はすんだと言いながら、やり残した多少の事とは、何だったのだろう。色々と考えながら思い出す、村上が防塵《ぼうじん》マスクをしていなかったと。

危険はわかっているはずなのに、どうしてだ。心に冷たいものが流れ落ちてくる気がした。もしかして村上がやり残したこととは、この世から立ち去る事なのではないか。今、この別荘のどこかで、村上が死と向き合っているのだとしたら、自分に何ができるだろう。

館内電話を取り上げ、出た係員に、村上の部屋に繋《つな》いでほしいと頼む。切って待つように言われ、しばらくして返事があった。

「今はお繋《つな》ぎできません」

受話器を放り出し、ベランダに飛び出す。建物を上階から下階へと見回し、明かりのついている窓をチェックした。いくつかあったが、この別荘の持ち主である村上が、ゲストの役員たちと並びの部屋にいるはずはない。見回しながら、最上階のペントハウスだろうと見当を付けた。

エレベーターでそこまで上る。半円形のホールの向こうに部屋のドアが見えた。歩みよってドアフォンを押す。もし違っていたら、別の部屋を訪ねるまでだ。片っ端から当たっていけば、その内にきっとたどり着けるだろう。

「誰だね」

村上の声だった。やったと思いながら逸《はや》る心を落ち着かせる。生きていてほしかった。できるだけ長く黒木や健斗を見守っていてほしい。

「上杉です。お話があってきました」

迷惑そうな返事が聞こえた。

「明日にしてくれ」

会う気がないのだ。思い切って言ってみる。

「わかりました。明日でいいです、あなたが生きていてくれるなら」

沈黙が返ってきた。さらに突っこむ。

「あなたの最後の約束が、嘘《うそ》だったなんて事にならないようにお願いします」

僅《わず》かな音がし、目の前のドアが緩《ゆる》んだ。

「しかたがない、入りなさい」

ドアを押し、中に踏みこむ。

「まっすぐ進んで、突き当たりだ」

天井から聞こえる声の誘導通りに歩き、部屋のドアを開ける。ほのかな光を放つスポット照明だけの室内は薄暗く、ドアのすぐそばにあったトラベルケースに躓《つまず》きそうになった。取っ手にハンチングが被《かぶ》せてある。ここに到着した時、小塚が羨《うらや》ましがっていたサムソナイトのブラックレーベルだった。村上も、懇親会を楽しむつもりでここに来たのだろう。こんな事になるとは思ってもみなかったに違いない。

「こっちだ、どうぞ」

カーテンが開いたままの四連の窓からは、市内の繁華街が一望できた。壁際に立っていた村上が、手にしていたブランデーグラスで窓の向こうを指す。

「あのあたりが長岡京だ」

それは、街のほぼ中心部だった。ライトアップなどはされておらず、あたり一帯にひと際濃い闇が漂っている。まるでそこに、夜を噴き出す大きな穴が開《あ》いているかのようだった。街の東側を走り抜ける新幹線の光が時おり伸びてきて、遺構の陰影をいっそう鮮《あざ》やかに照らす。

「この地で起こったあの事件は、早良親王が祟《たた》っての事だと父はよく言っていた。だから人間の力では避けようもなかったのだと。怨霊を信じていた訳じゃない。息子を完璧な後継者にするために、心理的負担を取り除こうとしたんだ。俺は後悔する事も、反省する事も許されなかった」

嘆くように言いながら、こちらを見る。

「戦時中にこの製紙工場で何が行われていたかは、役員全員が知っている。戦後、三住は日本最大の企業グループに成長した。今さら戦中の事を表沙汰にして企業イメージを傷つけたくないという思いは、どの役員の胸にもある。眠らせておけばいいというのが、三住の結論だ。木を隠すには森の中、企業創業家の秘密を隠すには企業の中だ。父は、あそこに置くのが一番安全だと判断していた。私が創業家を継いでからは、それが私の判断でもある。二つの遺体は、あれらの機械と共に永遠にあそこで眠っているはずだった。君たちさえ現れなければね」

いささか恨みを含んだその目を、和典は真っ向から否定する。

「僕たちを導いたのは、蜂です。この宇宙のすべての生物を支配している自然の摂理が、あなた方の企業の隠蔽を暴《あば》いたのだと思います」

村上は苦笑し、部屋の端のソファに腰を下ろした。すぐそばに木の丸テーブルがあり、水差しが載っている。その隣には薬のタブレットが置いてあった。先月、和典の家の食卓で父母の話題に上ったバルビツール酸系の睡眠薬である。呼吸抑制作用があり、死亡者をよく出すとの話を思い出した。

「さて、もう休みたい。行ってくれないか」

和典は村上の前に歩み寄り、薬を指差す。

「僕が出ていったら、それを飲みますよね」

村上は、何でもなさそうな表情で頷《うなず》いた。

「ああ飲むよ。これは常用薬だ。毎日飲んでいる」

その目を見すえ、首を横に振る。

「僕は騙《だま》されません。父母が医者で、薬には詳しいんです。誰か人を呼んで、あなたを止める事もできますよ」

村上はしかたなさそうに片腕を上げた。

「そこに書いておいたが、」

指したのは、壁際にある机の上だった。

「戦中の製紙工場の監督責任は、第十六代当主聡介にあり、二人の死の責任は第十七代当主私にある。よってここで私がその二つの責任を取り、同時に村上家を絶家とする。本音を言えば、それらによって三住グループのイメージダウンを避けたいんだ。小林健斗と洋子には、しかるべき財産を残した。由紀子の南橋家にもだ。アスベスト被害者には、私の私財から賠償金と全治療費を支払う。すべて弁護士に依頼した。さ、これで充分だろう。死ぬ時くらい、きれいにさせてくれ。今まで決してきれいな人生じゃなかったからな」

和典は、再び首を振った。

「死ぬのは、きれいな事じゃないと思います。それは自分の罪から逃げる事ですよ」

村上は、皮肉な笑みを浮かべる。

「死刑という制度を知っているだろう。あれは犯した罪に対して自分の命を支払う事だ。人間は、最終的には自分の生命で責任を取るしかないんだ」

和典は、三度首を横に振る。

「生きていて責任を取ってください。健斗には頼れる人が必要だし、黒木にもです。あなたがいてくれれば、二人ともきっと心強いと思います。朝には警察の捜査が入るという話ですが、あなたには連行される勇気がない訳ですか。その時には死体になっていたい、そうすれば屈辱を感じずにすむと思っているのですか。それは残念です。二人とも、あなたを尊敬しそびれますよ」

村上は、大きな息をついた。

「もういい。出ていってくれ」

目をつぶったその横顔には表情がなく、心の内はうかがい知れない。和典は、言葉を重ねて説得しようとした。瞬間、村上の凜然《りんぜん》とした声が響く。

「私の生死を決める権利は、私だけにある」

思わず怯《ひる》んだ。そこから、途方もない強さを持った精神が香り立っていた。七十一年の間、自分の罪を抱えてきた人間の苛立《いらだ》ちや怒りや悲しみに磨かれ、苦しさと諦《あきら》めの中で培われてきた強さだった。和典は自分の小ささを感じ、言葉を失う。

中等部に入学して以降、数学の首位を保つのに必死だった。たったの一年四ヵ月、それでも不安と重圧に耐えかね、よく苛立《いらだ》っていた。そんな緊張を七十一年間も維持してきた村上に、自分がいったい何を言う事ができるだろう。

和典は説得を諦め、ドアへと歩く。それを出ながらもう一度振り返り、斜めのスポット照明に照らされている村上を見た。

「あなたの人生も、生死も、確かにあなたのものです。でも僕は、自然があなたに死を齎《もたら》すまで生きていってほしいと思うし、それが人間の正義だと考えます。きっと健斗も黒木も、同じ気持ちでしょう」

村上は目を開ける。ゆっくりとこちらを見て、わずかに微笑《ほほえ》んだ。

「君たち若者が持つ快活さと真摯さ、繊細さ、どんな事にも真《ま》っ直《す》ぐに向かっていく妥協のない気持ちは、今後いつの間にか消えていき、二度と戻ってこないものだ。輝くような今の時間を大切にするといい」

終章

高台に作られた墓地に由紀子の遺骨が埋葬されたのは、一週間後だった。健斗の祖母もやってきて父史郎と対面を果たし、その遺骨を抱いて由紀子の葬儀に参列した。読経の流れる中で、皆がそれぞれに自分の長年の思いを見つめ、言葉にすれば崩れてしまうような細やかな一体感を共有していた。

「それでは、これで」

僧侶が帰っていき、全員でその場を片付ける。二人の祖母は、まるで昔の時間が戻ってきたかのような睦《むつ》まじい視線を交わし合った。

「弁護士によれば、村上氏は資産の五十五%を国に寄付するらしい。あの地下室で健斗が話した相続税の額だ」

黒木の声を聞きながら、和典は村上の顔を思い浮かべる。少しも眠れない夜が明け、息詰《つ》まるような思いで迎えた翌朝、警察がやってきた。和典は部屋を出て、階段の手摺《てす》りを摑《つか》んだまま上階から聞こえてくる物音に耳を澄ましていた。

前夜、村上の部屋を退出してから黒木と健斗にメールを打ち、事情を話して部屋に向かわせた。入れてもらえなかったら廊下でわめけ、ドアをノックし、電話をかけ続けろ、そう伝えたのだった。もちろん自分も、黒木から聞いた村上のアドレスにメールを連打していた。

村上からは何の応答もなかった。部屋の中で何が起こっているのか皆目《かいもく》わからない。別荘の係員を呼ぼうかとも思ったが、ここに大人を介入させると、村上の尊厳を傷つける気がした。他人の意志を無視して我意を押し付ける事ができるのは、中学生までだ。傍若無人の振る舞いが許されるのも同じ、それは子供だけの特権なのだ。

村上は死んでしまったのか、それとも思い止まり、生きているのか。鼓動が速くなっていくのを感じながらただひたすら階上を仰いでいた。やがて階段に健斗と黒木が飛び出してくる。健斗は両手でVサインを出し、黒木は親指を立てていた。息を呑《の》んで目を凝らせば、二人をかき分けるようにして刑事が姿を見せる。その後ろに村上が続いていた。ほっとしながら声をかける。村上氏はこちらを見た。

「君たちがうるさくて、死んでる暇がなかったんだ」

いつものように片手を上げ、別荘前に横付けされた警察車両に乗りこんでいった。階段を走り降りてきた黒木が耳元に唇を寄せる。

「事情聴取が終われば、すぐ帰ってくるさ」

きっと新聞に載るだろう。絶家の件も含めてテレビに流れるかもしれない。当分、身辺が騒がしくなるだろうが、村上なら、あの強い精神を持ってやり抜くだろう。

「ねぇ、こっちに来て」

三日前に退院した小塚が、墓地の端から眼下に広がる街を指差す。

「長岡京がよく見えるよ。ほら、あのあたりだ」

振り注ぐ朝陽《あさひ》に彩られた古都は、公園と民家に囲まれ、穏やかで優しい空気に包まれていた。和典は、早良親王《さわらしんのう》の無念の最期に思いを馳《は》せる。その悲劇が人の胸を打ったからこそ、千年の時を超える伝説になったのだ。これからも語り継がれていくだろう。早良親王の思いは、そういう形で報いられたのだ。

「発掘もだいぶ進んでるって、看護師さんが言ってた」

黒木が肘《ひじ》で突き、視線をそっと後ろに流す。健斗と玲奈《れな》が、一緒に手桶《ておけ》と柄杓《ひしゃく》を片付けているところだった。お互いに惹《ひ》かれ合っているのが、ひと目でわかる。史郎の面影を漂わせているという健斗と、由紀子の目を持つ玲奈が見つめ合っている様子は、何となく不思議だった。大きな傷が埋められていくかのような幸福感があたりに漂う。

「上杉先生がさっさと彼女に対応しないから、取られるんだぜ」

黒木に言われ、和典は肩をすくめた。別に、いい。そりゃ多少はくやしいが。

「女っ気なしの青春を送る気なら、それでいいけどさ」

輝きを強くしていく太陽がまぶしく、目を細めながら二人を見る。もし健斗が自分の望む英雄になれなかったとしても、玲奈だけの英雄になる事はできそうだった。

「あのさ、何となく思ったんだけど」

小塚がおずおずと口を開く。

「黒木は、村上氏に似てるよ。僕の気のせいかな」

和典が頷《うなず》くと、黒木は軽く息をついた。

「俺の人生って、人の顔を見る度《たび》にそこに親を捜す事の連続になるんだ、きっと」

その目の中に、和典は自分が付けた傷を捜す。いつかそれが癒え、黒木の心に迎え入れてもらえる日が来ることを願わずにいられなかった。

誰かのポケットでバイブが鳴り出す。皆がいっせいに自分のスマートフォンに手を伸ばした。

「あ、俺」

黒木が片手を上げながら取り出した画面に見入る。

「若武からメールだ」

差し出されて、和典は視線を落とした。

「俺、今日、膝の再手術した」

それで、ここに来られなかったのだと初めて知った。

「超・順調。どんなシュートも決められる気がする。トップ下に返り咲くのは時間の問題だ。次の試合の時には絶対、俺にボール回せよ」

最後にニッコリマークのスタンプがある。その元気さに、いささかうんざりした。手術が終わってその日のうちに、即、試合の話かよ。こいつ、どんだけメンタル強いんだ。呆《あき》れながら小塚に回す。

「え、そうだったんだ。よかったね」

無邪気な笑みを浮かべる小塚を見ながら、ふと自分も眼科に行こうかと思う。もし悪くなっていると言われたとしても、恐れる事はない。その時は手術すればいいだけだ。たまには若武を見習おう。そんな気持ちになりながら気がついた。自分も伝説になれる。あの学校で、数学の学年首位を保持した生徒の最高記録は何ヵ月か。それを超えれば新記録であり、伝説の男だった。思わず拳《こぶし》を握りしめる。よし、なってみようか、伝説に。

《完》

藤本ひとみの単行本リスト

ミステリー・歴史ミステリー小説

『青い真珠は知っている KZ 'Deep File』講談社
『桜坂は罪をかかえる KZ 'Deep File』講談社
『いつの日か伝説になる KZ 'Deep File』講談社
『断層の森で見る夢は KZ 'Deep File』講談社
『失楽園のイヴ KZ 'Upper File』講談社
『密室を開ける手 KZ 'Upper File』講談社
『数学者の夏』講談社
『死にふさわしい罪』講談社
『君が残した贈りもの』講談社
『モンスター・シークレット』文藝春秋
『見知らぬ遊戯――鑑定医シャルル』集英社
『歓びの娘――鑑定医シャルル』集英社
『快楽の伏流――鑑定医シャルル』集英社
『令嬢たちの世にも恐ろしい物語』集英社
『大修院長ジュスティーヌ』文藝春秋
『貴腐 みだらな迷宮』文藝春秋
『聖ヨゼフの惨劇』講談社
『聖アントニウスの殺人』講談社

日本歴史小説

『火桜が根 幕末女志士 多勢子』中央公論新社
『会津孤剣 幕末京都守護職始末』中央公論新社
『壬生烈風 幕末京都守護職始末』中央公論新社
『士道残照 幕末京都守護職始末』中央公論新社
『幕末銃姫伝 京の風 会津の花』中央公論新社
『維新銃姫伝 会津の桜 京都の紅葉』中央公論新社

西洋歴史小説

『侯爵サド』文藝春秋
『侯爵サド夫人』文藝春秋
『バスティーユの陰謀』文藝春秋
『ハプスブルクの宝剣』［上・下］文藝春秋
『令嬢テレジアと華麗なる愛人たち』集英社
『マリー・アントワネットの恋人』集英社
『皇后ジョゼフィーヌの恋』集英社
『ブルボンの封印』［上・下］集英社
『ダ・ヴィンチの愛人』集英社
『ノストラダムスと王妃』［上・下］集英社
『暗殺者ロレンザッチョ』新潮社

『コキュ伯爵夫人の艶事』新潮社
『エルメス伯爵夫人の恋』新潮社
『聖女ジャンヌと娼婦ジャンヌ』新潮社
『マリー・アントワネットの遺言』朝日新聞出版
『ナポレオン千一夜物語』潮出版社
『ナポレオンの宝剣　愛と戦い』潮出版社
『聖戦ヴァンデ』〔上・下〕角川書店
『皇帝ナポレオン』〔上・下〕角川書店
『王妃マリー・アントワネット　青春の光と影』角川書店
『王妃マリー・アントワネット　華やかな悲劇』角川書店
『三銃士』講談社
『新・三銃士　ダルタニャンとミラディ』講談社
『皇妃エリザベート』講談社
『アンジェリク　緋色の旗』講談社

恋愛小説

『いい女』中央公論社
『離婚美人』中央公論社
『華麗なるオデパン』文藝春秋
『恋愛王国オデパン』文藝春秋
『快楽革命オデパン』文藝春秋
『鎌倉の秘めごと』文藝春秋
『恋する力』文藝春秋
『シャネル　CHANEL』講談社
『離婚まで』集英社
『綺羅星』角川書店

ユーモア小説

『マリリン・モンローという女』角川書店
『隣りの若草さん』白泉社

エッセイほか

『マリー・アントワネットの生涯』中央公論新社
『マリー・アントワネットの娘』中央公論新社
『天使と呼ばれた悪女』中央公論新社
『ジャンヌ・ダルクの生涯』中央公論新社
『華麗なる古都と古城を訪ねて』中央公論新社
『パンドラの娘』講談社
『時にはロマンティク』講談社
『ナポレオンに選ばれた男たち』新潮社
『皇帝を惑わせた女たち』角川書店
『ナポレオンに学ぶ成功のための20の仕事力』日経BP社
『人はなぜ裏切るのか　ナポレオン帝国の組織心理学』朝日新聞出版

藤本ひとみ　（ふじもと　ひとみ）

長野県生まれ。

西洋史への深い造詣と綿密な取材に基づく歴史小説で脚光を浴びる。

フランス政府観光局親善大使を務め、現在ＡＦ（フランス観光開発機構）名誉委員。パリに本部を置くフランス・ナポレオン史研究学会の日本人初会員。

著書に、『皇妃エリザベート』『シャネル』『アンジェリク　緋色の旗』『ハプスブルクの宝剣』『皇帝ナポレオン』『幕末銃姫伝』など多数。

KZ《カッズ》' Deep《ディープ》 File《ファイル》 いつの日《ひ》か伝説《でんせつ》になる

二〇一七年五月二十四日　第一刷発行
二〇二三年六月　五　日　第九刷発行

著者　藤本《ふじもと》ひとみ
発行者　鈴木章一
発行所　株式会社講談社　（〒一一二―八〇〇一）
東京都文京区音羽二―一二―二一
電話　編集　〇三（五三九五）三五三五
販売　〇三（五三九五）三六二五
業務　〇三（五三九五）三六一五

KODANSHA

印刷所　株式会社新藤慶昌堂
製本所　株式会社若林製本工場
本文データ制作　講談社デジタル製作

N.D.C.913　299p　22cm　ISBN978-4-06-220559-7

本書は書きおろしです。